KUGELRUND UND GLÜCKLICH

Wie Du Deine Sorgen und Ängste überwindest. Erhalte praktische psychologische Methoden für eine entspannte und gelassene Schwangerschaft voller Vorfreude auf Dein Baby.

Erste Auflage 2021 LeseGlück Verlag
ISBN: 978-3-9823447-6-8

Druck: Amazon

KUGELRUND UND *glücklich*

*Wie Du Deine Sorgen
und Ängste überwindest.
Erhalte praktische psychologische
Methoden für eine entspannte und
gelassene Schwangerschaft voller
Vorfreude auf Dein Baby.*

JILL BAIER

Inhaltsverzeichnis

Inhaltsverzeichnis

Inhaltsverzeichnis

Inhaltsverzeichnis

Einleitung

WARUM ICH DIESES BUCH EINFACH FÜR DICH SCHREIBEN MUSSTE

Herzlichen Glückwunsch zu Deiner Kugelzeit! Ein Kind zu bekommen, kann wohl das Überwältigendste und Schönste sein, was einer Frau passieren kann. Dir steht eine aufregende Zeit bevor, gespickt mit viel Vorfreude auf das kleine Wesen in Deinem Bauch!

Gleichzeitig wirst Du sicherlich bemerkt haben, dass Dich Deine Schwangerschaft vor neue Herausforderungen stellt und Du Sorgen und Ängste in Dir verspürst, die Du so in diesem Ausmaß noch nicht kennengelernt hast.

Die gute Nachricht ist, dass Du viel mehr Einfluss darauf nehmen kannst, als Dir gerade bewusst ist. Eine glückliche und gelassene Schwangerschaft, eine angstfreie Geburt und entspanntes Elternglück sind nämlich keine Frage von äußeren Umständen, von denen wir uns oft fremdbestimmt fühlen. Dein Mindset spielt die Hauptrolle und ich zeige Dir sehr gerne, wie Du Dein Denken in die richtigen Bahnen lenken kannst, um voller Selbstvertrauen, Stärke und Mut in Deinen neuen Lebensabschnitt zu starten.

Ich bin Mindset-Coach, Psychologin und Resilienztrainerin. Ziel ist es, dass Du eine glückliche und gelassene Schwangerschaft erleben kannst, damit Du die schönste Wartezeit der Welt ohne viel Stress, unnötige Sorgen und unbegründete Ängste genießen kannst.

Bevor Du jetzt denkst: „Ich muss einfach nur mein Denken ändern, aber das ist leichter gesagt als getan!", kann ich Dich beruhigen. In diesem Buch geht es einzig und alleine darum, endlich ins Handeln zu kommen. Du bekommst auf den folgenden Seiten konkrete Antworten auf all Deine Fragen. Ich erkläre Dir Schritt für Schritt, wie all das funktionieren kann.

Die Grundvoraussetzung dafür, dass positive Veränderungen in Deiner Schwangerschaft und darüber hinaus möglich sind, bringst Du bereits mit. Das zeigt die Tatsache, dass Du dieses Buch in Deinen Händen hältst. Damit bist Du bereit, Verantwortung für Deine Gefühle zu übernehmen und Zeit sowie Aufmerksamkeit in Dich zu investieren. Für Dich – und für Dein Baby.

Das Buch ist hierbei nicht nur dann eine perfekte Hilfe, wenn Du aufgrund Deiner Schwangerschaft akut gestresst, unsicher und angespannt bist. Es unterstützt Dich ebenfalls, wenn es Dir eigentlich gut geht. Schließlich kümmern sich Stress, Überforderung & Co. nicht darum, ob es gerade für Dich passt, wenn sic in Dein Leben treten. Es bietet sich an, die Gunst der Stunde unbedingt zu nutzen. Das Ziel Deiner

Mindset-Arbeit wird dann sein, grundsätzlich in eine proaktive Rolle zu kommen und von dort aus ruhig zu agieren, anstatt rein defensiv zu reagieren. Das ist nämlich erforderlich, wenn Dein Stresslevel bereits wieder Fahrt aufgenommen hat und Dich fest in seinen Griff nehmen will.

Aus eigener Erfahrung kann ich Dir versichern, wie befreiend es ist, festzustellen, über welche kraftvollen mentalen Ressourcen man verfügt. Das zählt ganz besonders für die Zeit der Schwangerschaft. Denn früher war ich selbst ein ziemlich gestresster Mensch, der nie zur Ruhe gekommen ist. Ich habe immer alles hinterfragt und das Schlimmste angenommen. Ich habe mich selbst massiv unter Druck gesetzt, indem ich von mir in allen Bereichen Perfektion gefordert habe. Nie war ich mit mir zufrieden; unabhängig davon, ob es um meinen Körper oder meine Leistung ging.

Kein Wunder also, dass ich die erste Zeit meiner Schwangerschaft nicht komplett sorgenfrei erleben konnte. Zumal Sorgen und Ängste aufkamen, die ich in dieser Form so nicht kannte. Sie beschäftigten mich sehr und ließen mich anfangs kaum los: Ich hatte Angst, das Kind wieder zu verlieren. Ich machte mir Sorgen über die Geburt. Ich grübelte darüber, wie sich mein Leben verändern würde. Meine Schwangerschaft war in den ersten Wochen durch Verlust- und Zukunftsängste alles andere als entspannt. Ich weiß also ganz genau, wie Du Dich gerade fühlst.

Als ich das erste Mal schwanger war, wollte ich deswegen jemanden vom Fach finden, der mich mental durch diese neue, aufregende Zeit begleiten würde und habe mich daher gezielt auf die Suche gemacht. Ich war ehrlich gesagt etwas erschrocken: Es gab in diese Richtung tatsächlich kein Angebot!

Durch meine Ausbildung hatte ich den großen Vorteil, dass ich Methoden und psychologische Tools aus meinem Coaching und Mindset-Übungen einfach modifizieren und für meine eigene Schwangerschaft sowie die Geburt meiner Tochter nutzen konnte. Auch heute als Mutter nutze ich sie noch aktiv. Wenn bei mir mal wieder Unsicherheiten, Sorgen, Ängste und innere Unruhe anklopfen, bekomme ich sie durch meine Methoden routiniert in den Griff.

Meine Schwangerschaft war dadurch relativ schnell die schönste Wartezeit der Welt, weil ich direkt auf meine Sorgen und Ängste reagieren und mein Stresslevel aktiv regulieren konnte.

Auf diese psychologischen Tools kann man natürlich nur dann zurückgreifen, wenn man sie kennt. Die Herausforderung besteht darin, sich mit ihnen vertraut zu machen. Man wendet sie in der Folge so regelmäßig an, dass sie für einen einfach schon fest zum routinierten Repertoire an Verhaltensweisen gehören.

Damit alle, die keine Experten sind, auf ihrer Suche nach mentaler Unterstützung während der Schwangerschaft fündig werden, habe ich „Kugelzeit Coaching“ gegründet und meine Coachings an die spezielle Lebenssituation von Schwangeren angepasst. Und damit ich mein psychologisches Wissen noch direkter weitergeben kann, habe ich neben den Coachings und Workshops zusätzlich für Dich nun dieses Buch geschrieben.

Zusammengefasst erarbeitest Du Dir auf den folgenden Seiten diese drei Kompetenzbereiche:

Selbstreflexion: Erkenne Deine unbewussten Glaubenssätze und negativen Denkmuster und ersetze sie durch positive!

Selbstmotivation: Du bist stärker als Deine Gewohnheiten – So baust Du Willenskraft auf und hältst sie auf einem hohen Level!

Selbstregulation: Reduziere mit psychologischen Strategien Dein persönliches Stresserleben und senke Dein Stresslevel dauerhaft!

„WERDE ZUR EXPERTIN DEINER SELBST!“

Jill Baier

Mithilfe dieses Buchs werde ich Dir ab jetzt zur Seite stehen. Ich bin sicher, wir werden gemeinsam einen guten Weg für Dich finden, wie Du in Deiner Schwangerschaft besser mit Deinem Stress, Deinen Sorgen und Ängsten umgehen kannst. Dafür werde ich Dir Step-by-Step die Grundlagen meines Kugelzeit Coachings näherbringen. Es erwartet Dich in diesem Buch also eine ordentliche Portion an psychologischem Fachwissen sowie eine Auswahl an wissenschaftlich fundierten Methoden.

Bevor wir gemeinsam unsere Reise starten, ist es notwendig, eines klarzustellen:

Dieses Buch hilft Dir nicht, nie wieder Stress zu empfinden oder Ängste zu haben. Manche Coaches versprechen mit ihren Programmen ein "komplett angstfreies und stressfreies Leben", aber aus ganz entscheidenden Gründen ist das tatsächlich alles andere als erstrebenswert: Stress und Ängste sind überlebenswichtige Begleiter. Jede körperliche Veränderung und Reaktion, die Du unter Stress verspürst, will nichts weiter, als Dich zu schützen. Diese psychischen Vorgänge signalisieren Dir, was Du wirklich brauchst, um Dich wieder sicher zu fühlen.

Mein Ziel ist es deshalb, dass Du lernst, mutig, neugierig und gelassen auf Deine Ängste und Deinen Stress zuzugehen, Dich selbst zu hinterfragen und die wahren Ursachen für Deine Reaktionen und Gefühle tiefgehend zu analysieren. Erst wenn Dir bewusst ist, wann und vor allem wieso Du gestresst bist und woher Deine Ängste kommen, kannst Du die richtigen Strategien finden. Das kann Dir in Zukunft in unsicheren Momenten und herausfordernden Phasen helfen, Sicherheit und Beständigkeit in Dir selbst zu finden. Die dann entstehende Ruhe versetzt Dich in die Lage, Dein Baby zu schützen. Wenn Du stabil und ausgeglichen bist, kann auf Eurem Weg kommen, was wolle.

So holst Du für Dich das Beste aus dem Buch heraus

Dieses Buch ist Dein persönlicher Coach für zu Hause! Es stellt Dir die richtigen Fragen zur richtigen Zeit, damit Du Dir Stück für Stück bewusster darüber werden kannst, was Dich in Deiner Schwangerschaft wirklich stresst. Es unterstützt Dich darin, Deine vorhandenen Ressourcen aufzudecken, zu entwickeln und zu stabilisieren, um Dank ihnen eine glückliche und gelassene Schwangerschaft zu genießen.

Dieses Buch ist kein simpler Ratgeber für Schwangere mit pauschalen Empfehlungen und Weisheiten ohne Bezug zu Deiner Person. Es geht hier schließlich nicht um reine Symptombekämpfung. Es geht vielmehr darum, die Ursachen für Dein ganz persönliches Stresserleben und -empfinden tiefgreifend zu analysieren und in Dir die Selbsterkenntnis zu verankern, dass Du Dich wirklich immer und in jeder Notsituation auf Dich selbst verlassen kannst. Damit kann sich auch dein Baby immer auf Dich verlassen – ganz gleich, was im Außen passiert.

Dieses Buch besteht aus ausgewählten Übungen und mentalen Strategien, die Dich ab jetzt gerne täglich begleiten sollen. Wissenschaftliche Studien zeigen hierbei: Wenn Du etwas 8 Wochen täglich praktizierst, erreichst Du einen Punkt, an dem Du Dich für das tägliche Tun dieser Sache nicht mehr aufraffen musst. Das vormals neue Denken und Handeln ist dann zu einer routinierten Gewohnheit geworden. Ein Ritual wie beispielsweise das Zähneputzen machst Du mindestens zweimal am Tag, ohne darüber nachzudenken, ob Du es in Angriff nehmen sollst oder nicht – Du tust es einfach. Und genau so ein routiniertes Verhalten gilt es im richtigen Umgang mit Stress und Deinen Sorgen und Ängsten zu trainieren und zu entwickeln, um gelassener durch schwierige Zeiten zu kommen.

Für eine nachhaltige Veränderung Deines Mindsets reicht es nicht aus, dieses Buch einfach nur zu lesen. Ich lade Dich vielmehr dazu ein, aktiv mit den Inhalten zu interagieren, Dich selbst zu hinterfragen und anzufangen, eine neue Art des Denkens und Verhaltens zu trainieren. Die Neugier auf neue Sichtweisen ist dabei genauso wichtig wie Mut zur aktiven und ehrlichen Selbstreflexion.

Der Schlüssel für spürbare Effekte und Erfolge liegt schließlich in der Anwendung: nur dadurch kann sich das neue Wissen in feste Verhaltensweisen und positivere Denkweisen entwickeln und seine enorme Kraft entfalten. Je intensiver Du Dich also mit diesem Buch und mit Dir beschäftigst, desto mehr bekommst Du am Ende heraus – für Dein Baby und vor allem für Dich persönlich.

Deshalb wirst Du am Ende des Buches einen Methodenkoffer in der Hand halten, der wichtiges Werkzeug enthält, damit Du in stressigen Situationen und sorgenvollen Momenten proaktiv etwas gegen die negativen Emotionen tun kannst.

Um an diesen Punkt zu gelangen, ist es wichtig, Expertin Deiner selbst zu werden, indem Du täglich an Deinem neuen Mindset arbeitest und aktiv über Dich selbst reflektierst. Nur so kannst Du erste Erfolge wahrnehmen und auf Dauer eine Routine entwickeln. Dabei reicht es vollkommen aus, einmal täglich für 15-20 Minuten zu trainieren, um Fortschritte zu erzielen und diese wirklich im Alltag zu spüren.

Vielleicht denkst Du jetzt: „Es reicht bestimmt, wenn ich die Methoden einfach im Kopf bearbeite!". Bitte glaube mir: Das tut es nicht! Deine Gedanken aufzuschreiben, sie schwarz auf weiß vor Dir zu sehen und später nochmal nachlesen zu können, hat einen wesentlich stärkeren Trainingseffekt auf Deine persönliche Weiterentwicklung als Du Dir in diesem Moment vorstellen kannst.

Der Vorteil des Buches ist, dass Du frei entscheiden kannst, wann Du es am Tag zur Hand nimmst und aktiv wirst, um weiter an Dir zu arbeiten. Welche der Methoden Du für Dich wählst, liegt ganz bei Dir. Ob Du Dich für alle, ein paar oder für den Anfang erst einmal nur für eine entscheidest ebenfalls. Es gilt, dass Du nur dann die Möglichkeit hast, zu wachsen und besser mit Deinem Stress, Deinen Sorgen und Ängsten umzugehen, wenn Du Dein neues Wissen auch wirklich umsetzt. Um zu verdeutlichen, warum Anwendung wirklich das A und O ist, warum und vor allem wie Du Dir und Deinem Baby bestimmte Prozesse in Deinem Gehirn zunutze machen kannst, unternehmen wir vor dem interaktiven Methodenteil im nächsten Kapitel noch einen gemeinsamen Streifzug durch die Neurowissenschaften und die Verhaltenspsychologie. Auch wenn ich nicht persönlich vor Dir sitze, darfst Du Dich gerne so fühlen, als hätten wir ein 1:1-Coaching.

In diesem Sinne: Auf ein schönes Bauchgefühl und eine wundervolle Kugelzeit! Ich glaube an Dich und Du solltest es auch tun.

Deine Jill

Die Rolle Deines Mindsets während Deiner Schwangerschaft

WIE DER MENSCH AUF VERÄNDERUNGEN REAGIERT

Gehörst Du zum Großteil der Frauen, die sich, sobald sie schwanger sind, vermehrt Sorgen machen, kann ich Dich beruhigen: Das ist völlig normal. Veränderungen haben immer die Tendenz, uns zu stressen. Vielleicht ging das mit dem sich Sorgen machen bei Dir sogar schon los, als Du schwanger werden wolltest. Oder ist es sogar so, dass Du Veränderungen generell eher skeptisch gegenüberstehst, auch schon zu Zeiten als Kinderwunsch noch gar nicht Dein Thema war? Wenn es Dir so geht, geht es Dir wie den meisten Menschen. Egal ob mit Kinderwunsch, mit Kindern, schwanger oder nicht.

Wieso ist das so? Unser Gehirn ist super darin, potenzielle Probleme schneller zu erkennen als Chancen. Es wird viel zügiger Gründe finden, wieso das Zwicken oder die Schmerzen im Bauch nichts Gutes heißen, anstatt in Betracht zu ziehen, dass es auch Wachstumsschmerzen sein können. Schließlich wird Dein Baby größer und braucht mehr Platz.

Es ist nicht so, dass durch die (körperlichen) Veränderungen während einer Schwangerschaft die Probleme die positiven Ereignisse überlagern, aber Dein Gehirn ist einfach viel besser darauf trainiert, Schwierigkeiten wahrzunehmen. Das Positive wird dann leicht übersehen. Dieses typische Verhalten ist nichts weiter als ein Relikt aus der Steinzeit. Dort war es überlebenswichtig, alle Gefahren im Umfeld möglichst schnell zu erkennen. Die Blätter am Busch könnten schließlich durch einen sich anschleichenden Säbelzahntiger in Bewegung geraten sein. Heutzutage sind die negativen Aspekte in unserem Leben aber häufig keine wirkliche Gefahr mehr für Leib und Leben.

Diese unterschwellige Sorge ist heutzutage bei Veränderungen nach wie vor aktiv. Gerade in der Schwangerschaft ist es meine Erfahrung, dass der befürchtete Kontrollverlust große Angst auslösen kann. Wir fühlen uns unsicher bezüglich unseres eigenen Körpers, der anstehenden Geburt oder des Lebens im Allgemeinen. Natürlich wissen wir nie, wie sich etwas verändern und wie die Zukunft konkret aussehen wird. Unser Gehirn macht aber einen hervorragenden Job, uns denken zu lassen, dass wir die Zukunft sicher planen könnten. Gerade während einer ersten Schwangerschaft gibt es noch keine eigenen Erfahrungen, die Rückschlüsse zulassen. Wir haben keine Ahnung, wie sich das eigene Leben mit Kind verändern wird. Diese Ungewissheit kann stressen, wenn die Negativitätstendenz unseres Gehirns aktiv ist und wir sie nicht hinterfragen.

Wenn wir in der Schwangerschaft das Gefühl haben, die Kontrolle über die vielen Veränderungen zu verlieren, kommen neun gefühlt unsichere Monate auf uns zu, die oft gepaart mit Gefühlen der Ohnmacht auftreten.

Du wirst es vielleicht schon geahnt haben: Deine Denkweise spielt eine wichtige Rolle dabei, wie Du mit Veränderungen umgehst. Dein Mindset ist nämlich vergleichbar mit der Portraitfunktion Deiner Handykamera: Mit dieser Funktion lässt sich das Fotoobjekt im Vordergrund scharf stellen, während der Hintergrund unscharf verschwimmt.

Dein Mindset entscheidet also, welche Dinge während Deiner Schwangerschaft scharf gestellt sind und welche Du nur verschwommen wahrnimmst. Anders ausgedrückt, ob Du bei Veränderungen eher das Positive oder doch eher das Negative siehst. Die Fragen, die Du Dir stellen solltest, lauten: Was ist bei Dir scharf eingestellt? Und: Würde es sich lohnen, den Fokus zu verändern?

Wenn Du unbewusst die letzten Wochen, Monate oder vielleicht sogar schon Jahre vor Deiner Schwangerschaft damit zugebracht hast, Dein Gehirn so zu trainieren, dass es vermeintliche Probleme möglichst schnell erkennt, kannst Du nun anfangen, Deinen Fokus aktiv zu verändern.

Keine Sorge: Wir alle haben unser Gehirn unbewusst dahingehend trainiert. Die Folge dieses Trainings ist jedoch leider, dass wir dadurch gestresst sind. Wir machen uns fast automatisch Sorgen über alles und grübeln zu viel, wenn Veränderungen anstehen. Und eine Schwangerschaft ist nun mal eine pure Veränderung – im Großen wie im Kleinen.

Das Gute ist: Wenn Du Dein Gehirn in die eine Richtung trainieren konntest, kannst Du es auch wieder in die andere Richtung lenken. Hin zu einer glücklichen und gelassenen Schwangerschaft, in der Dich die ganzen Veränderungen, die eintreten, nicht mehr aus der Ruhe bringen.

Wenn Du also Angst vor Veränderungen in Bezug auf Deinen Körper oder den neuen Lebensabschnitt hast, wenn Du oft das Gefühl verspürst, nichts mehr wirklich kontrollieren zu können, kannst Du Dir selbst Halt geben, indem Du Deine Neugier erweckst. Sei neugierig auf all das, was kommt, denn egal, was passiert: Du kannst jeder noch so negativen Situation positive Aspekte abgewinnen. Auch hier dreht es sich nur um die Frage, auf was Du Dich fokussierst. Das ist zweifelsfrei eine intensive Trainingssache, aber eine, die sich definitiv lohnt.

Dein Körper arbeitet schon seit Deiner eigenen Zeugung ununterbrochen in Deinem Sinne, ohne dass Du bislang irgendetwas kontrollieren musstest, ja mehr noch, ohne dass Du es kontrollieren kannst. Du kannst Deinen Herzschlag nicht bewusst steuern oder Deine Zellen bewusst dazu bringen, sich schneller oder anders zu teilen. Sie machen es von ganz alleine. Dasselbe gilt, wenn es darum geht, Dein Baby in Deinem Bauch heranwachsen zu lassen. Ich weiß, die Kontrolle "abzugeben" – was Du eigentlich gar nicht tust, weil Du die Kontrolle nie hattest – ist schwer. Vor allem, wenn Du vermutlich wie die meisten Frauen, jahrzehntelang eher negativ über Deinen Körper gedacht und gesprochen hast.

Wenn Du Dir aber vor Augen führst, was Dein Körper bis dato schon alles alleine geleistet hat und wie dankbar Du eigentlich für ihn sein kannst, wird es leichter für Dich, ihm zu vertrauen. Deshalb geht es im nächsten Kapitel verstärkt darum, mit welchen Prozessen Dich Dein Körper in Stresssituationen schützen will und wie Du lernst, seine Signale zu verstehen, um eine neue Einstellung zu Deinem Stressempfinden und Deinen Ängsten zu entwickeln.

SO WIRKT SICH DEIN STRESSERLEBEN AUF DEINE SCHWANGERSCHAFT AUS

Oftmals werde ich von Schwangeren gefragt, ob sich ein Mindset-Coaching bei mir für sie überhaupt lohnt. Schließlich würden sie momentan nicht arbeiten oder sich zumindest öfter rausziehen können, sodass sie dadurch doch eigentlich in ihrem Alltag so gut wie keinen Stress mehr hätten.

In diesen Äußerungen stecken gleich 2 „Missverständnisse" zum Thema Stress, die ich gerne aufgreifen möchte, bevor wir gemeinsam in den praktischen Teil dieses Buches übergehen. Um Deinen Umgang mit Stress, Sorgen und Ängsten zum Positiven hin zu verändern, ist es essentiell, zu wissen, in welchen Formen und Situationen Dir Stress begegnet. Was löst er dabei in Dir aus und aus welchen Gründen kann er überhaupt so stark in Dir wirken.

Welche Rolle äußere Faktoren für Dein Stresserleben wirklich spielen

Wie die Einwände einige meiner (potenziellen) Coaching-Teilnehmerinnen zeigen, scheinen wir uns doch sehr über unseren Job zu definieren. Wir nehmen ihn als die dominante oder sogar einzige Stressquelle unseres Alltags wahr. Stress auf der Arbeit ist jedoch nur ein kleiner Teilaspekt dessen, was uns im Alltag alles stressen und beunruhigen kann. In größeren oder kleineren Dosen können Stress, Sorgen und Ängste fernab von unserem Arbeitsplatz immer wieder aufkommen und unser Stresslevel konstant auf einem hohen Niveau halten.

Es reicht zum Beispiel aus, wenn Dir im ohnehin schon hektischen Alltag ganz plötzlich einfällt, dass Du etwas Wichtiges vergessen hast. So schießt Dir auf dem Weg zum Frauenarzt der Gedanke in den Kopf, dass Du Deinen Mutterpass vergessen hast. Genauso plötzlich wie Dir diese Sache und damit Dein Versäumnis einfällt, schnellt Dein Körper direkt in Alarmbereitschaft.

Ebenso kann sich Unruhe oder Ungeduld in Dir ausbreiten und aufstauen, wenn Du in Deinem Ablauf oder Flow gestört wirst. Der Klassiker: Du musst an der Supermarktkasse in einer langen Schlange warten, obwohl Du es eigentlich eilig hast oder Dich ausgebremst fühlst.

Beide Beispiele stehen für einen Alltag voller To-Do-Listen, die dazu führen, dass wir das Gefühl haben, von Termin zu Termin zu hetzen. Da können bereits kleine Abweichungen dazu führen, dass wir befürchten, in zeitliche Bedrängnis zu geraten und unseren Anforderungen oder den Erwartungen anderer nicht gerecht zu werden. Das Problem dabei ist, dass wir in so einer Situation mit einem Bein und mit den Gedanken bei der nächsten Sache und viel zu wenig im gegenwärtigen Moment sind.

Es können aber auch Erinnerungen an vergangene Ereignisse, Gespräche oder Konflikte sein, die Dich nach wie vor beschäftigen. Erlebnisse, die Dir noch immer unangenehm sind und Dich emotional aufwühlen, wenn Du an sie denkst. Wie oft zermartern wir uns das Hirn über Situationen, in denen wir gerne anders gehandelt hätten. Begebenheiten bei denen wir unser Verhalten bereuen, uns darüber ärgern oder uns sogar dafür schämen. Auch solche Grübeleien und selbstkritischen Gedanken haben großen Einfluss auf das Stresslevel. Der Körper kann nämlich nicht unterscheiden, ob es sich um eine erinnerte Stresssituation oder eine tatsächliche, akute handelt. Stresshormone schüttet er in beiden Fällen aus.

Alleine an dieser Tatsache siehst Du bereits, wie wirkmächtig Deine eigenen Gedanken sind und wie sie Deine Sorgen und innersten Ängste befeuern können. Damit kommen wir zum zweiten Missverständnis, auf das ich hinaus wollte:

Die Wirkmächtigkeit unserer eigenen Gedanken unterschätzen wir oftmals oder nehmen sie erst gar nicht wahr. Der Trugschluss besteht nicht nur darin, zu denken, dass ohne Job als äußere Anforderung automatisch sämtliche Stressquellen aus Deinem Alltag eliminiert sind. Der Trugschluss besteht darüber hinaus deshalb, weil Deine negativen Gedanken als Potenzierungsfaktor für Dein Stressempfinden, ausgelöst durch äußere Anforderungen und Reize, fungieren: Wie stark wir Stress und Anspannung empfinden, ist nämlich nur zu einem geringen Prozentsatz von äußeren Reizen und Einflüssen abhängig. Zu 90 % sind tatsächlich wir selbst durch unsere eigenen negativen Gedanken und Glaubenssätze dafür verantwortlich, wie intensiv wir Stress, Sorgen und Ängste erleben.

Diese Erkenntnis könnte man jetzt beim ersten Lesen als „belastend“ empfinden und sich eventuell noch „schuldig“ für das eigene Stressempfinden fühlen. Aber in diesem Buch geht es genau darum, aufzuzeigen, dass es vielmehr darauf ankommt, wie wir die Dinge für uns bewerten. Das ist für die Art des Stresserlebens ein ganz entscheidender Punkt. So ist diese 90-zu-10-Prozent-Regel eine ganz tolle Nachricht, denn sie bedeutet im Umkehrschluss, dass wir es selbst in der Hand haben, wie gelassen und glücklich wir sind – sowohl in der Schwangerschaft als auch im Leben allgemein.

Sondersituation Schwangerschaft – neue Dimensionen Deines Stresserlebens

In einer Schwangerschaft kommen neben den herkömmlichen Stresssituationen, die uns im Alltag begegnen, noch ganz andere Sorgen und Ängste hinzu, die unser Stresslevel beeinflussen können. Man ist jetzt nicht mehr nur für sich selbst verantwortlich, sondern auch für einen kleinen, heranwachsenden Menschen.

Es ist deswegen relativ normal, sich in dieser Zeit vermehrt Sorgen zu machen und verunsichert zu sein. Stress in der Schwangerschaft kann dadurch jedoch zu einem größeren Problem werden, denn das kleine Wunder im Bauch kann von unseren Stresshormonen und (fehlenden oder kontraproduktiven) Bewältigungsstrategien bereits beeinflusst werden.

Gerade wenn es Deine erste Schwangerschaft ist, wirst Du merken, dass es so vieles gibt, was Du alles bedenken und vorbereiten musst. In einigen Planungs- und Organisationsbereichen hast Du noch Handlungsspielraum und kannst Dich aktiv einbringen. Du kannst beispielsweise Vorbereitungen treffen und bürokratische Dinge vorantreiben, indem Du Anträge schreibst und Formulare ausfüllst. Oder Du richtest schon mal das Kinderzimmer ein. In anderen Bereichen hast Du jedoch keine Einflussmöglichkeiten und musst komplett die Kontrolle an Deinen eigenen Körper abgeben. Je nachdem, wie gut Du ihm vertraust, kann Dich das ängstigen und verunsichern. Zumal sich Dein Körper in für Dich unbekanntem Maße verändert und Du mit ihm an neue Grenzen gerätst.

Viele Veränderungen laufen dabei zum Glück langsam ab, so dass Du genügend Zeit hast, Dich an sie zu gewöhnen. Die körperlichen Veränderungen können dabei als schön oder aber als belastend empfunden werden. Wenn Du sie teilweise belastend findest, weil Du zum Beispiel Angst vor Dehnungsstreifen hast, können die Veränderungen zu einem zusätzlichen Stressfaktor werden.

Neben dem körperlichen und psychischen Erleben kann es auch zu Veränderungen in Deiner Partnerschaft kommen. Auch Deine Arbeits- und Wohnsituation können sich im Zuge der Schwangerschaft umgestalten. Wenn Du wie ich nach der Geburt weiterhin arbeiten möchtest, kommt noch ein gewisses Maß an Karrieredruck hinzu, ganz zu schweigen von den Sorgen um Deine zukünftigen finanziellen Mittel. Ängste sowie Befürchtungen in Bezug auf Deinen Schwangerschaftsverlauf, die Geburt und die Gesundheit Deines Babys kommen noch on top und können Dein Stresslevel erhöhen.

Am Anfang meiner eigenen Schwangerschaft habe auch ich meine negativen Gedanken kaum zügeln können: Was ist, wenn ich das Kind verliere? Was wird meine Chefin dazu sagen, dass ich jetzt ausfalle? Werde ich viel zunehmen und werde ich die zusätzlichen Kilos nach der Geburt auch wieder los? Wie schlimm wird die Geburt werden? Werde ich eine gute Mutter sein?

Mein Stresslevel war zu der Zeit unglaublich hoch. In meinem Inneren stand die Welt Kopf, obwohl im Außen alles gut war. Dank meiner psychologischen Ausbildung hat mir der Blick nach innen und das Arbeiten an meinen Sorgen und Ängsten geholfen. Ich konnte in mir selbst wieder Sicherheit finden und meine Schwangerschaft wurde schnell zur schönsten Wartezeit der Welt. Je mehr man also über sich selbst, seine Stressreaktionen und um die Wirkung von Stress weiß, desto sicherer kann man in akuten Situationen damit umgehen. Stress ist dabei nicht grundsätzlich schlecht und kann auch in der Schwangerschaft positive Auswirkungen haben.

Positiver und negativer Stress – eine kurze Gegenüberstellung

Stress im Allgemeinen wird als eine körperliche und psychische Reaktion auf eine bestimmte Situation oder Anforderung definiert. Diese Reaktion geht mit der Ausschüttung von Stresshormonen wie Adrenalin, Noradrenalin und Kortisol einher. Das ist an sich erstmal nichts Schlimmes, sondern kann zu mehr Kraft und Effektivität führen.

So aktivieren die Vorfreude auf Dein Baby und das Einrichten des Kinderzimmers Deinen Organismus und Du verspürst eine leichte Form von Stress, den Du vermutlich eher als angenehm empfindest. Stress ist in diesem Falle etwas Gutes, weil Du ins Tun kommst.

Stress kann also durchaus motivieren und uns dazu bewegen, Leistung zu erbringen. Er fokussiert uns und lässt uns eine Aufgabe engagiert und freudig erledigen. Um produktiv und gefordert zu sein, braucht man sogar ein gesundes Maß an positivem Stress. Er macht uns nicht krank, sondern hilft uns, Belastungen zu meistern. Diese Form von positivem Stress nennt man auch Eustress.

Der Gegenpart zu Eustress ist der sogenannte Distress. Dazu zählen alle Anforderungen und Situationen, die Du selbst als negativ empfindest. Dieser negative Stress tritt auf, sobald wir uns überfordert fühlen. Das kann sehr frustrierend sein und teilweise Angst machen, weil wir in diesen Momenten keine Handlungsoption sehen und uns ohnmächtig fühlen. Wenn Du Dich beispielsweise zu spät mit dem Thema Geburt auseinandersetzt, kann es passieren, dass Deine Stressbelastung steigt und dieser Stress sich dann nicht mehr angenehm anfühlt. Du bekommst zunehmend das Gefühl, die Aufgabe nicht bewältigen oder beeinflussen zu können.

Dieser negative Stress tritt auf, sobald wir uns überfordert und hilflos fühlen. Das kann sehr frustrierend sein und Ängste schüren. In Deiner Schwangerschaft kann Distress vor allem in den Momenten auftauchen, wenn es um die Gesundheit Deines Babys geht.

Ob Du in Deiner Schwangerschaft mit Eustress oder Distress auf Reize reagierst, hängt unter anderem davon ab, wie Du Dinge für Dich bewertest.

Gefahr „Dauerstress" – Wenn Stresshormone unzureichend abgebaut werden

Eine gute Stressreaktion ist absolut sinnvoll und kann sogar lebensrettend sein. Letztendlich reagieren wir heute immer noch genauso auf Stress wie damals der Neandertaler in der Steinzeit. Das klassische Beispiel – Neandertaler trifft beim Beerenpflücken auf Säbelzahntiger – veranschaulicht, was dabei genau im Körper passiert:

In Millisekunden reagiert der ganze Körper auf die Gefahr. Er macht sich bereit, entweder so schnell wie möglich davonzulaufen, oder aber einen Kampf auf Leben und Tod zu führen. In beiden Varianten bereitet sich der Organismus durch das Ausschütten von Stresshormonen auf eine körperliche Belastung vor. Die Stresshormone Adrenalin, Noradrenalin und Kortisol helfen dem Körper dabei, in kürzester Zeit Höchstleistung zu erbringen.

Der Stress im 21. Jahrhundert ist jedoch ein völlig anderer als der in der Steinzeit. Wenn wir heute von Stress sprechen, meinen wir das bereits erwähnte Hetzen von Termin zu Termin, Konflikte mit anderen Menschen, Mehrfachbelastung durch Familie und Beruf sowie Stress am Arbeitsplatz. Oder wie jetzt in Deiner aktuellen Phase spezifische schwangerschaftsbezogene Sorgen und Ängste.

Obwohl wir in den meisten dieser Stressmomente nicht mehr in Lebensgefahr schweben, werden dieselben Stresshormone ausgeschüttet wie vor Jahrtausenden. Sie versetzen unseren Körper in höchste Alarmbereitschaft, um auf drohende Gefahr bestmöglich vorbereitet zu sein. Unser Gehirn möchte nämlich, dass unser Körper blitzschnell in der Lage ist, in den Kampf- oder Fluchtmodus zu wechseln. Dein Körper bereitet sich wirklich bei jedem Stressempfinden immer noch auf eine große körperliche Anstrengung vor.

Dabei kann unser Organismus leider nicht unterscheiden, ob es beispielsweise unserem (ungeborenen) Kind gerade real schlecht geht oder ob wir uns lediglich katastrophale Gedanken über den Zustand des Kindes ausmalen. In beiden Fällen schüttet Dein Gehirn Adrenalin, Noradrenalin und Kortisol aus. Als Folge steigt unser Blutdruck, unser Herz schlägt schneller und unsere Muskeln sind angespannter. Alle für den Kampf oder die Flucht notwendigen Funktionen und Kraftreserven werden mobilisiert, während regenerierende und reproduzierende Funktionen gedrosselt werden.

In der Steinzeit waren diese körperlichen Stressreaktionen die optimale Voraussetzung, um gut mit Stress umzugehen und das Überleben zu sichern. Bei Schwangeren sind sie leider nicht sehr praktisch, denn die Vorbereitungen Deines Körpers auf Kampf oder Flucht laufen ins Leere, weil Du Dich häufig nicht mehr entsprechend körperlich abreagierst, wie es Deine Vorfahren getan haben. Du baust also unentwegt Adrenalin und Kortisol auf, ohne diese Stoffe wieder vollständig abzubauen und damit die Anspannungen aufzulösen. So bleiben die Stresshormone länger in Deinem Kreislauf, als es Dir und Deinem Baby gut tut.

Eigentlich soll uns die Stressreaktion dazu befähigen, mit den gestellten Anforderungen leichter fertig zu werden. Das kann aber nur dann funktionieren, wenn sich die Stressreaktion auf ein bestimmtes Ereignis bezieht und danach wieder ein Entspannungszustand eintritt. Das sollte im besten Fall mit einem Glücksgefühl einhergehen, weil man sein Ziel erreicht hat. Kommt es jedoch nicht zu dieser Entspannung, haben wir es mit Dauerstress zu tun und auf den sind wir durch die Evolution nicht vorbereitet. Fehlen darüber hinaus noch Erfolgserlebnisse, kann Distress entstehen und alles wird gefühlt noch viel schlimmer.

Dauerstress hält den Pegel der Stresshormone kontinuierlich auf einem hohen Level und kann somit der Gesundheit schaden. Gesundheitliche Folgen sind beispielsweise Verdauungsprobleme, Kopfschmerzen oder Schlafstörungen, oft gepaart mit dem Gefühl der inneren Unruhe.

Angst als wertvolle Begleiterin

Angst gehört wie Freude zu den Grundgefühlen eines jeden Menschen. Sie tritt immer dann auf, wenn wir uns auf irgendeine Art bedroht fühlen beziehungsweise wenn wir denken, unser körperliches und/oder psychisches Wohlbefinden ist in Gefahr.

Oft geht es bei Angst in der Schwangerschaft gar nicht um eine echte Gefahrensituation, sondern um eine imaginäre. Wir denken nur über etwas nach; etwa wie schrecklich die Geburt werden wird. Da unser Gehirn aber leider nicht unterscheiden kann, ob wir akut in Gefahr sind oder eben nur darüber nachdenken, werden bei beiden Varianten Stresshormone ausgeschüttet. Sie finden keine Anwendung und laufen ins Leere. Angst entsteht also ganz oft durch unsere eigenen Gedanken und lässt unseren Stresspegel steigen.

Dennoch ist Angst eine ziemlich faszinierende Emotion, die in den meisten Fällen eine wertvolle Begleiterin für uns ist. Wenn wir nämlich Angst haben, sind wir besonders vorsichtig und aufmerksam. Wenn Du Dich zum Beispiel davor fürchtest, etwas Falsches zu essen und damit Deinem Baby zu schaden, wirst Du Dich ganz bewusst für bestimmte Lebensmittel entscheiden und solche weglassen, bei denen Du Dir nicht sicher bist. Angst will uns also immer nur sagen: Sei vorsichtig!

Alle unsere Gefühle informieren uns permanent darüber, was wir in der jeweiligen Situation eigentlich benötigen, um ein Bedürfnis zu stillen. Das Problem ist, dass wir es verlernt haben, auch mit unschönen oder unangenehmen Gefühlen umzugehen. Jeder kennt vermutlich Sprüche wie „Ist doch nicht so schlimm“ oder „Stell Dich nicht so an“. Unangenehme Gefühle wollen wir (deshalb) lieber wegschieben und nicht spüren. In unserer heutigen Gesellschaft gelingt das auch ganz leicht: Serien, soziale Netzwerke und andere schnelle Vergnügen sind super um uns abzulenken. Wir fühlen uns schnell wieder gut. Wenn auch nur kurzfristig. Sie betäuben unsere Sorgen und Ängste nämlich nur und stillen die eigentlichen Bedürfnisse dahinter nicht. Das macht Dich auf Dauer weder glücklich noch hast Du durch dieses Verhalten weniger Sorgen oder Ängste.

Wichtig ist jedoch zu verstehen, dass jede Emotion ihre Berechtigung hat und Sinn ergibt. Natürlich auch während der Schwangerschaft. Wenn wir Angst davor haben, etwas potenziell Gefährliches zu essen und damit unserem Baby zu schaden, achten wir sehr bewusst und genau darauf, was wir zu uns nehmen. Angst schützt uns und unser Baby. Die Frage ist immer nur, wie sehr wir uns in dieses Gefühl hineinsteigern. Mit der Angst ist es wie bei allen anderen Gefühlen auch: Sie ist temporär, außer wir halten zu sehr an ihr fest.

Was Ängste Dir über Deine wahren Bedürfnisse verraten

Die Emotion Angst will uns in Bewegung setzen. Das Wort Emotion heißt letztendlich nichts anderes als "Energy in Motion" – also Energie, die sich bewegt. Das bedeutet, dass uns die Angst ins Handeln bringen möchte. Hätten wir keine Angst vor der Geburt, würden wir uns gar nicht erst auf dieses Ereignis vorbereiten.

Hinter jeder Angst steht immer ein Bedürfnis, was noch nicht erfüllt oder befriedigt ist. Deswegen empfinden wir Angst meist auch als ein sehr ungutes, bedrohliches Gefühl. Das eigentliche Bedürfnis dahinter ist nämlich fast immer das Bedürfnis nach Sicherheit, Ordnung und Stabilität. Das Ziel sollte daher sein, möglichst schnell zu erkennen, ob die Angst berechtigt ist oder ob man sich zu sehr in sie hineinsteigert. Grundsätzlich sollte man schauen, welches Bedürfnis eigentlich hinter dem Gefühl der Angst steckt und gestillt werden muss. Nutze die Angst, um ins Handeln zu kommen. Dadurch wird sie automatisch kleiner werden.

Bist Du in einer Situation, die Dich ängstigt, hilft es, auf die Metaebene zu gehen und Dich zu fragen: Was denke ich konkret, wenn ich Angst habe? Welche Gedanken machen mir Angst? Was kann ich aktiv tun, damit ich mich wieder sicher fühle?

Erst wenn Du verstanden hast, was Du wirklich denkst, kannst Du etwas gegen diese Angst tun. Denn Angst entsteht, genau wie Stress, zu 90 % durch unsere Gedanken, weil wir Hypothesen aufstellen, die nicht unbedingt Fakten sind, aber unser Gehirn sie gerne als Fakten versteht.

Wie Stress die Entwicklung Deines Babys beeinflusst

Stress gehört zu unserem Leben dazu und ist definitiv ein Stimulus für Entwicklung. Ein gewisses Maß an Stress ist also auch in einer Schwangerschaft normal und schadet nicht. Der kleine Bauchbewohner wird jedoch durchaus von den Stresshormonen der Mutter beeinflusst.

So wie das Erleben von Stress sehr individuell ist, sind auch die Auswirkungen von Schwangerschaftsstress unterschiedlich. Studien zeigen, dass vorgeburtlicher Stress sowohl negative als auch positive Einflüsse auf die Entwicklung von Kindern haben kann.

Vorgeburtlicher Stress wird einerseits mit negativen körperlichen und psychischen Veränderungen in Form von Verhaltensauffälligkeiten bei Kindern in Verbindung gebracht. Darunter fallen Aufmerksamkeitsdefizit-Syndrome, Ängste sowie das Vorliegen von Hyperaktivität.

Andererseits gibt es gleichzeitig eine ganze Reihe von Studien, die zeigen konnten, dass ein gewisses Maß an vorgeburtlichem Stress einen positiven Effekt auf die spätere Entwicklung von Kindern haben kann. Diese wiesen im Vergleich zu Babys, deren Mütter weniger Stress während der Schwangerschaft empfanden, fortgeschrittenere motorische und mentale Fähigkeiten auf.

Bei Stressreaktionen, wie Anpassungsschwierigkeiten an die Schwangerschaft, Schwangerschaftskomplikationen, Konflikten in Partnerschaft, im Beruf oder dem sozialen Umfeld, kommt es sowohl im mütterlichen als auch im fötalen Organismus zu körperlichen Reaktionen. Diese verfolgen das Ziel, das angestrebte Gleichgewicht wiederherzustellen. Die mütterliche und fötale Stressachse sowie die Plazenta stehen hierbei in Wechselwirkung zueinander.

Stehst Du als werdende Mama also stark unter Stress, wird das ausgeschüttete Kortisol aus Deinem Blut an Dein Baby weitergegeben. Zwar sorgt ein spezielles Enzym in der Plazenta größtenteils dafür, dass das Kortisol nicht ungehindert in den fötalen Kreislauf eindringen kann, sondern vorher in ein unschädliches Stoffwechselprodukt abgebaut wird. Trotzdem passieren 10-20 % Deines Kortisols die natürliche Barriere und werden auf Dein Baby übertragen.

Im kindlichen Körper kann ein Übermaß an Kortisol Einfluss auf die genetische Entwicklung nehmen und auf ungünstige Weise die Wachstumsprozesse im Gehirn beschleunigen. Es wird vermutet, dass die schnellere Reifung auf Kosten der Zellteilungsprozesse und damit auch auf Kosten der Entwicklung des Gehirns geht. Deswegen bringen Forscher pränatalen Stress mit dem späteren Auftreten psychischer Erkrankungen wie ADHS, Depression und Schizophrenie, aber auch mit einer erhöhten Anfälligkeit für Stress, Allergien, Asthma und Neurodermitis in Verbindung.

Zudem gibt es deutliche Hinweise darauf, dass eine erhöhte Konzentration von Adrenalin und Noradrenalin den Progesteronspiegel senkt und auf diese Weise das Risiko für Fehlgeburten erhöht. Auch Frühgeburten sowie ein niedriges Geburtsgewicht treten bei stressbelasteten Müttern deutlich häufiger auf.

Wichtig ist jedoch, zwischen leichter temporärer Belastung und anhaltenden intensiven Stressperioden zu unterscheiden. Während eine chronische Überforderung sowohl Mutter als auch dem Baby schadet, sorgt nach bisherigem Kenntnisstand der Forschung leichter pränataler Stress dafür, dass im kindlichen Gehirn effektive Mechanismen zur

Stressbewältigung ausgebildet werden und sich Motorik sowie geistige Fähigkeiten verbessern.

Auf ein schönes Bauchgefühl

Grundsätzlich sollte es nie das Ziel sein, Stress und Ängste aus Deinem Leben zu eliminieren. Das ist aufgrund der produktiven Impulse, die Stress mit sich bringen kann, weder wünschenswert, noch ist es für den Schutz Deines ungeborenen Kindes nötig. Ein gesundes Maß an Stress fördert sogar die Entwicklung Deines Babys und hält Dich als Schwangere aktiv. Wichtig ist jedoch, den pränatalen Stress nicht chronisch werden zu lassen.

Was Du aktiv dafür tun kannst? Gehe verantwortungsvoll und achtsam mit Dir selbst um und tue Dir so oft es geht etwas Gutes. Denn davon profitiert nämlich automatisch auch Dein Baby. Schließlich ist die Plazenta nicht nur für Kortisol hormondurchlässig, sondern für alle anderen Hormone auch – eben auch für die guten!

Wie Du es aus eigener Kraft schaffst, aus dem negativen Gedankenstrudel aus Zweifeln und Sorgen auszubrechen und Dein Denken aktiv in positive Bahnen zu lenken, zeige ich Dir gerne in den folgenden Kapiteln.

Soviel gebe ich Dir aber bereits an dieser Stelle mit:

Glaube nicht alles, was Du denkst. Du wirst sehen, es wird Deine Welt zum Positiven hin verändern. Ein optimistisches Mindset ist nicht nur der Schlüssel für eine gelassene Schwangerschaft und Geburt, sondern auch für ein glücklicheres Leben. Es gelingt Dir, Herausforderungen positiv zu sehen und Dich auch von ungeplanten Geschehnissen nicht aus der Ruhe bringen zu lassen.

„ICH GLAUBE AN DICH UND DU SOLLTEST ES AUCH TUN.“

Jill Baier

„Die zwei Wölfe"

All meine Coachings starte ich am liebsten mit Geschichten. Das tue ich nicht nur, weil ich Geschichten einfach toll finde, sondern vor allem, weil sie psychologisch einen großen Mehrwert mit sich bringen. Geschichten haben nämlich den Vorteil, dass sie Botschaften auf emotionale Weise verpacken. Aus Deinem eigenen Erfahrungsschatz heraus weißt Du bestimmt selbst, dass Du Dich nur selten an reine Fakten erinnerst. Sehr wohl aber an eine emotionale Geschichte, die Dir unter die Haut gegangen ist. Das heißt, Geschichten beziehungsweise deren Botschaften wirken stärker und nachhaltiger auf uns. Diese Tatsache nutze ich in meinen Coachings und jetzt auch an dieser Stelle schamlos aus, um Dir die wichtige Botschaft möglichst lange und intensiv mit auf Deinen Weg zu geben. So kannst Du Dich immer wieder an sie erinnern.

Die Geschichte, die ich Dir mitgebracht habe, heißt "Die zwei Wölfe" und sie geht so:

„Unter dem weiten Sternenhimmel saßen Roter Hirsch, der Älteste des Volkes, und Kurzer Pfeil, der Sohn seines Enkels, am wärmenden Feuer. Es war die erste lange Jagd Kurzen Pfeils gewesen; die Jagd, die ihn zum Mann machen sollte. Schweigend saßen sie eine Weile, lauschten der Stille und den eigenen Gedanken.

"Urgroßvater", begann der Junge zögerlich, „ich soll ein Jäger werden und ich habe mit Deiner Hilfe nun meine erste lange Jagd beendet. Doch die Ruhe will nicht in mein Herz einkehren. Heiter und fröhlich ging ich mit Dir auf meine erste Jagd, doch bald war ich unruhig und traurig, weil ich keine Spuren fand. Als Du sie mir zeigtest, wurde ich sogar wütend und vertrieb mit meinen lauten Worten das Büffelkalb, das wir sonst erlegt hätten. Am Morgen war mein Herz weit vor Freude über den Himmel, die Erde und das Wasser, doch am Nachmittag hasste ich die Sonne, die Menschen und mich selbst. Warum ist das so, Roter Hirsch?"

Roter Hirsch sah in den Himmel hinauf, sah ins Feuer, sah in sein Herz. Nach langem Schweigen sprach er schließlich: „Seit Anbeginn der Zeit, noch bevor der Coyote, der Trickreiche, durch die Prärie streifte, noch bevor unser Volk auf Pferden ritt, leben im Herzen eines jeden Menschen zwei Wölfe. Der eine ist weiß und strahlt wie die Mittagssonne, der andere ist schwarz wie die mondlose, wolkenverhangene Nacht. Erbittert kämpfen beide miteinander."

„Kämpfen diese Wölfe denn auch in meinem Herzen?", fragte Kurzer Pfeil und legte die Hand auf seine Brust. „Ja, auch in Deinem Herzen", nickte der Alte. „Auch in meinem Herzen, auch in dem Deiner Schwestern und Brüder, Deines Vaters und Deiner Mutter. Sie leben und kämpfen im Herzen eines jeden Menschen. Doch die Wölfe unterscheiden sich nicht nur in der Farbe ihres Fells. Der schwarze Wolf fletscht die Zähne, er droht und knurrt und beißt, er ist rachsüchtig, grausam und gierig. Der weiße Wolf aber ist klug, sanft und liebevoll. Er liebt die Menschen und ist gütig und weise."

Kurzer Pfeil sah lange in die Glut des erlöschenden Feuers. Schließlich fragte er leise:

„Wird aber nicht der schwarze Wolf den weißen töten? Ist nicht im Kampf der Wütende dem Sanften überlegen? Und was geschieht, wenn der schwarze Wolf den weißen Wolf erst besiegt hat?"

„Kurzer Pfeil, denk nach: kannst Du denn den großen Helden Tamataka besiegen, nur weil Du voll Wut bist?"

„Nein. Es kommt auf die Stärke und das Können an. Aber welcher Wolf ist nun der Stärkere? Welcher wird den Kampf gewinnen?"

„Der, den Du fütterst", antwortete der Alte."

Damit die Kernbotschaft dieser Geschichte komplett zum Vorschein kommt und Du sie in Deinen eigenen Alltag übertragen kannst, gehe ich im Folgenden auf den Zusammenhang zwischen der Geschichte und Deiner Schwangerschaft, aber auch zwischen der Geschichte und Deinem Leben im Allgemeinen ein:

Ob Du eine glückliche und gelassene und damit meist auch sorgenfreie Schwangerschaft erlebst, ist eine Frage Deiner persönlichen Einstellung. Denn egal was im Außen passiert: Du hast immer die Möglichkeit, selbst zu entscheiden, wie Du die Dinge für Dich interpretierst und bewertest. Letztendlich ist das der ausschlaggebende Punkt, wie es Dir gefühlsmäßig damit geht. Aus dieser Erkenntnis kannst Du unglaublich viel Macht für Dich ziehen.

Die Frage, die Du Dir über den Tag verteilt immer wieder stellen kannst, ist diese: Welchen Wolf fütterst Du gerade? Fütterst Du Deinen schwarzen Wolf, der für Deine Sorgen und Ängste, Deine Selbstzweifel, innere Unruhe und Anspannung steht? Oder fütterst Du Deinen weißen Wolf, der gelassen, entspannt und voller Vertrauen ist, weil er positive Gedanken und damit eben auch diese Gefühle stärker an sich bindet?

Falls Du festgestellt hast, dass Du vor allem Deinen schwarzen Wolf fütterst, macht das nichts. Es ist ganz normal, dass wir von Natur aus mehr Anteile von einem der beiden Wölfe haben und ganz oft sind es eher die Anteile des schwarzen Wolfs.

Wenn Du die letzten Wochen oder Monate Revue passieren lässt, wird Dir vielleicht ebenso auffallen, dass auch der weiße Wolf manchmal stärker ist als der schwarze. Und auch das ist ganz normal. Viel entscheidender, ob der schwarze Wolf momentan öfter um die Ecke schaut als der weiße, ist die Tatsache, um welchen von beiden Du Dich mehr kümmerst.

Je bewusster Du Dir diese Frage stellst, desto bewusster kannst Du Dich in jeder Situation dafür entscheiden, den weißen Wolf zu füttern und den schwarzen schlafen zu lassen.

Da Du dieses Buch in den Händen hältst, gehe ich davon aus, dass Du Deinen weißen Wolf gern öfter füttern möchtest und Dir vielleicht momentan einfach noch die richtigen Methoden und Tools fehlen. Das ändern wir jetzt gemeinsam. Bevor wir gleich tiefer in die neue Materie einsteigen, hier noch ein Fütterungshinweis für Deine beiden Wölfe:

Der schwarze Wolf kann tagelang ohne Nahrung überleben, ohne an Kraft zu verlieren. Wenn Du zum Beispiel Angst vor der Geburt hast und ein paar Tage nicht über das bevorstehende Ereignis nachdenkst, es dann aber wieder tust, wird die Angst mit gleicher Intensität oder sogar stärker auf Dich einwirken.

Der weiße Wolf kommt mit leerem Magen über Tage hinweg nicht so gut klar. Er mag es viel lieber, jeden Tag mit kleinen

Häppchen gefüttert zu werden. Das geht zum Beispiel mit dem Gefühl der Dankbarkeit sehr gut, aber auch mit sämtlichen Methoden, die Du hier im Buch an die Hand bekommst. Wichtig ist die tatsächliche Anwendung.

Starten wir also gemeinsam in den Methodenteil, um zu entdecken, welche Ressourcen in Dir schlummern und wie Du sie aktivieren und nähren kannst. Du bist keine Geringere als die Verwalterin des Futters – führe Dir das gerne wieder und wieder vor Augen. Dann erkennst Du, welchen enormen Einfluss Du tatsächlich hast.

„IN DIESEM SINNE: AUF EIN SCHÖNES BAUCHGEFÜHL!

Psychologische Tools für Deine sorgenfreie Schwangerschaft

WARUM DU BEREITS NACH 8 WOCHEN GELASSEN DENKEN KANNST

Wie die Überschrift erahnen lässt, habe ich eine wirklich sehr gute Nachricht für Dich. Es handelt sich dabei um die wissenschaftliche Erklärung, warum Du es schaffen kannst, Dein Mindset langfristig in positive Bahnen zu lenken. Doch bevor ich Dir Näheres dazu verrate, muss ich zwei eher schlechte Nachrichten voranstellen. Eigentlich sind es eher zwei Hürden, die wir für unsere gemeinsame Arbeit unbedingt im Blick haben müssen.

Keine Sorge: Ich führe Dich in diesem Kapitel recht schnell vom Negativen hin zum Positiven. Das ist schließlich die (Denk-)Richtung, die ich Dir als neuen Weg aufzeigen möchte. Nicht nur in diesem Buch, sondern weit über die Lektüre hinaus. Begeben wir uns also gemeinsam in die Gefilde der Neurowissenschaften und der Verhaltenspsychologie.

Die Macht unserer Gewohnheiten

Die erste „schlechte" Nachricht ist, dass wir dem Irrglauben erlegen sind, zu großen Teilen ein freies Leben zu führen. Die Wahrheit ist jedoch, dass wir in unserem Handeln sehr viel weniger selbstbestimmt sind als wir glauben. Über die Hälfte unserer Alltagsentscheidungen fallen nämlich unbewusst und werden von unseren Routinen und Gewohnheiten diktiert. Wolfram Schultz, Professor für Neurowissenschaften an der University of Cambridge, bezeichnete Gewohnheiten sogar als *kleine Süchte.*

Unser Gehirn ist quasi „süchtig“ danach, Energie einzusparen. Neues erfordert Aufmerksamkeit, Konzentration und Kraftreserven. Das strengt an. Damit es uns zu jeder Zeit sicher durch unser Leben navigieren kann, greift es also bevorzugt auf Gewohnheiten zurück und schützt sich so vor Überforderung.

Je gewohnter etwas ist, desto weniger arbeiten diejenigen Gehirnareale, in denen komplexe Denk- und Entscheidungsprozesse ablaufen. Stattdessen wird verstärkt ein Areal beansprucht, das nach aktuellen Kenntnissen für Instinkthandlungen zuständig ist. Dabei handelt es sich um eine Gruppe von Endhirn- und Zwischenhirnkernen, den sogenannten Basalganglien. Darunter kann man sich so etwas wie ein Handlungsgedächtnis vorstellen. In ihm sind all unsere Denk- und Handlungsmuster abgelegt, die sich im Laufe des Lebens als erfolgreich erwiesen haben. Wenn die

QUELLE: zitiert nach Katrin Zeug (2013): Mach es anders!
www.zeit.de/zeit-wissen/2013/02/Psychologie-Gewohnheiten/seite-2

Basalganglien aktiv arbeiten und die gewohnten Muster abrufen, ruht der Rest des Gehirns.

Auf den ersten Blick ist dies natürlich ziemlich energieeffizient. Unser Gehirn unterscheidet beim Aktivieren unserer Gewohnheiten jedoch leider nicht, ob es sich dabei um positive oder negative handelt. So kommt es, dass wir in vielen Situationen ganz unbewusst in Verhaltens- und Denkmustern feststecken, ohne uns aktiv für sie entschieden zu haben. Während einige unserer abgerufenen Gewohnheiten in solchen Situationen tatsächlich sehr beruhigend auf uns wirken und uns Stabilität und Sicherheit geben, können andere Gewohnheiten hingegen hinderlich sein, weil sie uns Zeit rauben. Wiederum andere können sogar schädlich sein, wenn sie unsere Gesundheit gefährden.

Die mehrspurige Autobahn der negativen Gedanken

Die zweite schlechte Nachricht ist, dass unser Gehirn leider kein Update ins 21. Jahrhundert bekommen hat. Wie damals in der Steinzeit ist eine sogenannte Negativitätstendenz in unseren Gehirnen stark ausgeprägt. Damals war negatives Denken für das Überleben essentiell, weil man zu jeder Zeit auf Kampf oder Flucht vorbereitet sein musste. Stichwort: Säbelzahntiger. Heute sind diese Denkmuster jedoch nicht mehr zeitgemäß. Trotzdem sind sie fest in unserem Gehirn verankert.

Wir stellen uns also auf das Schlimmste ein und schenken dem Negativen viel mehr Aufmerksamkeit als dem Positiven. Der Psychologe und Neurowissenschaftler Dr. Rick Hanson nennt das *Negativitätsverzerrung*: Wenn Du am Tag neun positive und ein negatives Erlebnis hast, wirst Du am Abend mit sehr großer Wahrscheinlichkeit eher vom negativen Erlebnis berichten und es in Deinem Kopf immer wieder herumwälzen. Dadurch verlieren die neun schönen Erlebnisse leider komplett an Gewicht und geraten in Vergessenheit.

Unser evolutionsbedingt ohnehin schon negativ vorprogrammiertes Gehirn wird durch regelmäßiges Grübeln, sich Sorgen machen oder durch starke negative Gefühle nachhaltig beeinflusst. Strukturen und neuronale Verknüpfungen, die sich aus dieser Negativität nähren, werden so weiterhin verfestigt. Aufgrund dessen können wir unsere positiven neuronalen Verkettungen im Gehirn mit Trampelpfaden vergleichen, während die negativen in aller Regel bereits als mehrspurige Autobahnen angelegt sind.

Die gute Nachricht – Es ist nichts in Stein gemeißelt

Obwohl unsere Gewohnheiten sehr wirkmächtig sind und uns unbewusst antreiben, ist es durchaus möglich, aktiv

QUELLE: Dr. Rick Hanson (2016): Hardwiring Happiness.
The New Brain Science of Contentment, Calm, and Confidence

aus dem schwarzmalenden Autopiloten auf der Gewohnheitsautobahn auszusteigen. Mit Disziplin und ganz viel Neugierde stattdessen, lassen sich förderliche und positive Gewohnheiten und Denkmuster antrainieren. Genau das lernst Du in diesem Buch: Wie Du in Deinem Gehirn Autobahnen aufbaust, auf denen dann schon bald Deine positiven Gedanken Wettrennen fahren können.

Du merkst: Jetzt sind wir bei der guten Nachricht angekommen! Sie fängt mit *Neuro-* an und hört mit *-plastizität* auf. Neuroplastizität. Dieses Phänomen räumt die beiden negativen Nachrichten schlichtweg aus dem Weg und ist darüber hinaus die Erklärung dafür, warum es Dir überhaupt gelingen kann, Dein Denken nachhaltig in positive Bahnen zu lenken. Deinen Gewohnheiten und evolutionären Vorprogrammierungen zum Trotz!

Neuroplastizität meint nämlich nichts anderes als die faszinierende Fähigkeit unseres Gehirns, sich im Laufe des Lebens grundlegend zu verändern – zu jeder Zeit! Diese Veränderungen können dabei sowohl die Struktur des Gehirns als auch dessen Organisation betreffen.

Das wichtigste Prinzip der Neuroplastizität ist dabei die Hebbsche Lernregel des Psychologen Donald Hebb: „Neuronen, die zusammen feuern, verdrahten sich zusammen."
Neuronen sind die grundlegenden Elemente unseres Nervensystems. Sie nehmen Informationen auf, verarbeiten sie

und geben sie weiter, um angemessen auf die Umwelt reagieren zu können. Kurz gesagt: Neuronen transportieren jegliche Reize. Wenn Neuronen also gleichzeitig auf einen Reiz reagieren und somit in Form von elektrischen Impulsen „gemeinsam feuern“, verbinden und verdrahten sie sich untereinander.

Das heißt, je öfter wir bestimmte Dinge denken, fühlen oder tun, desto stärker entwickeln sich die synaptischen Verbindungen dafür. Je stärker dann die Verbindungen sind, desto schneller und automatisierter können wir in Millisekunden als Reaktion die entsprechenden Gedanken, Gefühle und Handlungen abrufen.

Stress in der Schwangerschaft – Ausbruch aus der Abwärtsspirale

Wenn Du in Deiner Schwangerschaft eher an negative Folgen und Verläufe denkst, Dir oft Sorgen machst und ständig grübelst, werden nach dem Prinzip der Neuroplastizität diese neuronalen Verbindungen gestärkt.

Starke negative Empfindungen können beispielsweise beim Ersttrimester Screening ausgelöst werden, wenn dort (vermeintliche) Auffälligkeiten entdeckt werden. Eine erste

QUELLE: Donald O. Hebb (1949): Organization of Behaviour. A Neuropsychological Theory

unsichere Situation in Deiner Schwangerschaft kann also dazu führen, dass Du Dir in einer zukünftigen ähnlichen Situation wie beispielsweise beim großen Ultraschall erneut vermehrt Sorgen machst. Auch dann, wenn sich erste Auffälligkeiten nicht bewahrheitet haben.

Ebenso empfinden und durchleben Frauen oder Paare verständlicherweise nach einer erlebten Fehlgeburt ganz besondere Sorgen und Ängste. Wird man überhaupt wieder schwanger werden? Wird es bei einer weiteren Schwangerschaft erneut zu einem Abbruch kommen? Ist der eigene Körper überhaupt in der Lage, ein Kind in sich heranwachsen zu lassen?

Das Gefühl der Angst findet also auf vielen Wegen Eingang in Deinen Kopf. Einmal dort angekommen, hinterlässt dieses Gefühl durch die Neuroplastizität ihre Spuren. Die Angst verdichtet hier und da Synapsen und dünnt sie an anderer Stelle aus. In kurzer Zeit verfestigen sich automatisch ablaufende Denkmuster, die mit jedem negativen Gedanken stärker und leichter abrufbar werden.

DER SCHLÜSSEL FÜR EIN GELASSENES MINDSET

Das Tolle an der Neuroplastizität ist jedoch, dass sie eben in beide Richtungen funktioniert und ebenso positive Verbindungen stärken kann. Du kannst sie Dir also zunutze machen.

Der Schlüssel dazu liegt in der Selbstreflexion, der Neugierde sowie der Ehrlichkeit sich selbst gegenüber. Auch ein wertfreier und offener Blick auf Dich selbst und Deine Gewohnheiten, die Du ablegen möchtest, werden Dich weiterbringen.

Neben ehrlicher Selbstreflexion ist Achtsamkeit ein weiteres wichtiges Instrument in diesem Prozess. Deine Gelassenheit hängt nämlich davon ab, worauf Du Deine Aufmerksamkeit richtest. Lässt Du sie – unbewusst – bei Deinen Sorgen und Ängsten, wird es in der Folge die entsprechenden neuronalen Verbindungen weiter verstärken. Oder gelingt es Dir zunehmend, Deine Aufmerksamkeit auf all das Positive in Deinem Leben zu lenken? Auf alles, was Du und Dein Körper schon alles geschafft habt, auf all das, für das Du aufrichtig dankbar sein kannst?

Natürlich wird es immer wieder Phasen geben, in denen es Dir nicht gelingt, positiv zu denken. Sorgen und Ängste erscheinen Dir einfach zu groß. Letztendlich geht es nicht wirklich darum, immer alles nur positiv zu sehen. Vielmehr geht es darum, konstruktiv und auch in negativen Situationen möglichst schnell in Handlungsoptionen zu denken. Dann kann es Dir gelingen, proaktiv aus dem Tief herauszukommen.

Perspektivwechsel – So schnell kann‘s gehen

Studien zufolge dauert es ca. 66 Tage, Deinem Gehirn eine neue Art des Denkens beizubringen und Dir neue Gewohnheiten anzutrainieren. Deshalb habe ich mein Mindset-Coaching genau auf diese Zeitspanne zugeschnitten.

In meinem 8-Wochen-Programm reicht es aus, wenn Du die neue Gewohnheit einmal am Tag bewusst und achtsam ausführst. Je häufiger Du sie am Tag wiederholst, desto schneller verfestigt sie sich als neues Verhalten.

Hierbei gilt nämlich das Gleiche wie beim Muskeltraining: Wenn Du langfristige Erfolge erzielen möchtest, musst Du die Übungen regelmäßig wiederholen. Damit werden die neuen Gewohnheiten neuronal fest verankert und auf lange Sicht stärker und dominanter als die alten.

Wie in vielen Bereichen ist es nun eine Frage Deines Mindsets: 66 Tage sind auf den ersten Blick eine Menge. Auf Dein Gesamtleben betrachtet ist es jedoch ein Hauch von Nichts. Mit dieser Sichtweise kann Dich die 66-Tage-Regel enorm motivieren. Zusätzlich hast Du mich an Deiner Seite. Das bleibt bis zu dem Zeitpunkt der Fall, an dem Du eine Automatisierung bemerkst und Deine neue Denkweise anfängt, in ein routiniertes Verhalten überzugehen.

Was Dir in diesen 66 Tagen mit jedem Tag zusätzlich in die Karten spielen wird, ist Dein Gehirn. Es verstärkt automatisch das, was es kennt und schüttet Botenstoffe aus, durch die wir uns wohl fühlen. Durch das Mindset-Training wirst Du Dein Gehirn mit positiven und neuen Denk- und Handlungsmustern bekannt machen und in Deinem Gehirn durch Wiederholungen ein immer stärkeres Verlangen nach diesen neuen Mustern erzeugen. Dafür wird es Dich schon bald mit positiven Ausschüttungen belohnen. Das einzige, was Du dafür tun musst, ist jeden Tag ein bisschen an Deinem Mindset zu arbeiten. Hierbei helfen Dir die Methoden in diesem Buch.

Wenn dann zukünftig negative Gedanken in Deinem Kopf anklopfen und eintreten wollen, wirst Du Deinem Gehirn antrainiert haben, dass es nicht auf den Zug des Negativdenkens aufspringt. Stattdessen wird es ganz automatisch die Weichen für Güterzüge stellen, die mit positiven Denk- und Handlungsmustern beladen sind. Nur diese dürfen sodann in den kopfeigenen Bahnhof einfahren.

So kannst Du Dich auf eine wirklich glückliche und gelassene Schwangerschaft freuen und hebst darüber hinaus Deine grundsätzliche Lebensweise und -sicht auf ein ganz neues Niveau.

EINE AUSWAHL AN PRAKTISCHEN METHODEN FÜR DEIN NEUES MINDSET

Zur Regulierung von Stress und zum Aufbau eines neuen Mindsets gibt es kein Patentrezept. Welche Methoden für Dich am besten funktionieren, kommt u.a. darauf an, was Du in Stresssituationen benötigst, um Dich wieder sicher zu fühlen. Die Auswahl an psychologischen Tools, die für akute Interventionen sowie ein langfristiges Training aus der Wissenschaft zur Verfügung stehen, ist zum Glück riesig. Auf den folgenden Seiten stelle ich Dir fünf effektive Methoden vor und leite Dich dabei Schritt für Schritt an. Dabei starten wir mit der Methode, mit der alles steht und fällt.

SELBSTREFLEXION ALS SCHLÜSSEL FÜR GELASSENHEIT

Die erste und wohl wichtigste Methode, wenn es darum geht, besser mit Deinen Sorgen und Ängsten umzugehen, ist Selbstreflexion.

Viele Menschen glauben, dass sie bereits sehr selbstreflektiert sind. Das ist häufig nicht der Fall. Sie vergessen dabei einen entscheidenden Schritt: die Ursachenforschung! Daher möchte ich Dir hier ein paar Tipps an die Hand geben, wie Du Selbstreflexion praktizieren kannst. Eine, die Dich wirklich weiterbringt und die Dir mit der Zeit sogar tatsächlich Spaß machen wird.

Werde Dir Deiner selbst bewusst

Schaut man im Duden nach, bedeutet Reflexion u.a. „zurückstrahlen" oder „nachdenken". Selbstreflexion ist ein psychologisches Phänomen, bei dem es vor allem darum geht, Deinen bewussten Verstand auf Deine Gedanken, Gefühle und Dein Verhalten zu lenken. Es ist die Fähigkeit, das Licht auf sich selbst zu richten und dadurch tiefergehende Informationen über das eigene Ich zu erhalten.

Durch Selbstreflexion schaffst Du Dir ein größeres Bewusstsein über stressige Situationen, Deine Sorgen und Ängste. Oft reicht aber auch schon das diffuse Gefühl, dass etwas nicht in Ordnung ist, um sich zu reflektieren.

Natürlich kannst Du das auch mit all Deinen positiven Gedanken und Gefühlen tun. Wirklich hilfreich ist diese Methode jedoch nur dann, wenn Du Dir genau die Gefühle und Gedanken anguckst, die Du auf den ersten Blick erst einmal als unschön wahrnimmst und spontan zur Seite schieben möchtest.

Aber keine Sorge: Wenn Du Dir Deine Sorgen und Ängste oder auch Deinen Stress genauer anschaust, machst Du diese unangenehmen Situationen und Gefühle nicht größer. Im Gegenteil: Erst durch die Reflexion hast Du die Möglichkeit, Muster zu erkennen und diese zu hinterfragen. Das wappnet Dich für zukünftige Situationen und lässt Dich schneller wieder zu Deiner glücklichen und gelassenen Schwangerschaft zurückfinden.

Ursachenforschung für wahre Selbsterkenntnis

Selbstreflexion ist der erste wichtige Schritt in die richtige Richtung. Durch sie richtest Du Deine Wahrnehmung darauf, wie es Dir gerade geht und vor allem, wieso es Dir gerade so geht. Selbstreflexion ist also gewissermaßen die Grundlage, in allen zukünftigen Situationen entspannter zu reagieren und sich nicht mehr so schnell ins Bockshorn jagen zu lassen. Grundlage deshalb, weil Dir erst einmal bewusst werden muss, wie Du aktuell auf Sachen reagierst. Erst dann kannst Du schauen, ob diese Verhaltensweisen passend sind oder ob es vielleicht nicht doch bessere Alternativen gibt, um schneller und effizienter innerlich zur Ruhe zu kommen.

Selbstreflexion ist gerade zu Beginn ein bewusst gesteuerter Prozess und daher kognitiv viel anstrengender als im energieschonenden Autopiloten zu verharren. Wenn Du Dich selbst reflektierst, analysierst Du Deine eigenen Gedanken, Deine Gefühle und auch Dein Verhalten. Du hinterfragst jede Regung, vorrangig mit dem Ziel, mehr über Dich selbst zu erfahren.

Da wir unser Leben, das ja aus der Summe unserer Gedanken, Gefühle und unseres Verhaltens besteht, oft erst in der Retrospektive verstehen, lohnt es sich, ein Journal zu führen. Erst wenn Du Dinge aufschreibst, kommst Du schneller in den Modus des tatsächlichen Reflektierens. Du überdenkst die Dinge tiefgründiger und schaffst es so, ganz automatisch eine Distanz zu Deinen Gedanken herzustellen.

Beim Aufschreiben Deiner Sorgen und Ängste, aber auch erlebten Stresssituationen wirst Du schnell merken, dass Du nicht alles glauben musst und vor allem auch nicht solltest, was Du den lieben langen Tag so denkst. Der Schreibprozess verlangsamt das Kopfkino und Dir gelingt ein genauer Blick.

Ohne Mut und Neugier funktioniert es nicht

Wie eingangs erwähnt, behaupten viele Menschen von sich, sie seien reflektiert. Nur zu wissen, dass man in bestimmten Situationen überfordert, ängstlich oder voller Sorge ist, ist allerdings noch keine Selbstreflexion. Es ist lediglich der Ausgangspunkt. Die wichtige Frage lautet nämlich, warum man überfordert, ängstlich oder voller Sorge ist. Erst an diesem Punkt startet die Reise der Selbstreflexion. Je nachdem, wie ehrlich man sich selbst gegenüber ist, kann man tief eintauchen und so herausfinden, wieso man so tickt, wie man tickt. Die daraus entstehende Erkenntnis über sich selbst ist unglaublich wertvoll. Dadurch ist ein reflektierter Mensch in der Lage, retrospektiv, aber auch im Hier und Jetzt und sogar zukunftsgerichtet die eigenen Gedanken, Gefühle und das eigene Verhalten zu überdenken. Im nächsten Schritt kann er sie durch adäquateres und hilfreicheres Handeln ersetzen.

Ganz gleich ob eine stressige Situation bereits vorbei ist oder sich in Gedanken auf die Zukunft bezieht, Du hast immer die Möglichkeit, die Situation zu reflektieren. Es lohnt sich zu jedem Zeitpunkt, all Deine Gedanken aufzuschreiben, um eigene Muster bei Dir zu erkennen. Dadurch hast Du anschließend die Chance, beispielsweise neue Perspektiven für die jeweilige Situation einzunehmen und neue Handlungsmöglichkeiten zu entdecken. Ganz oft ist es unter Stress oder auch bei Sorgen und Ängsten nämlich so, dass wir nur eine einzige Möglichkeit sehen, wie etwas ausgehen kann. Dass diese Möglichkeit nur eine subjektive von vielen ist, nehmen wir nicht wahr. Außer wir trauen uns, genau hinzuschauen und wenden genügend Energie und Zeit auf, uns intensiver mit dieser Situation auseinanderzusetzen. Sobald wir das tun und unsere Gedanken aufschreiben, passiert Erstaunliches: Plötzlich sehen Herausforderungen, die vorher nur in unserem Kopf waren, auf dem Papier ganz anders aus. Sie wirken weniger bedrohlich.

Lösungen finden und Handlungsoptionen entdecken

Dieses aktive Auseinandersetzen mit negativen Gefühlen und Gedanken klappt mal mehr, mal weniger gut. Manchmal sind wir noch zu lange im Autopilot unterwegs oder der Alltag ist besonders anstrengend. Sich an solchen Tagen dann die wichtige Zeit zu nehmen, ist natürlich außergewöhnlich herausfordernd. Allerdings ist es oft auch gerade dann am effektivsten.

Selbstreflexion scheitert also häufig daran, dass es harte Arbeit ist, sich und seine eigenen Denkmuster und Verhaltensweisen aktiv zu hinterfragen. Dabei geht es nie darum, die Schuld im Außen und bei anderen zu suchen, sondern den Blick ausschließlich auf sich und die eigenen Anteile an der stressigen Situation zu richten. Schließlich sind zu 90 % Deine Gedanken verantwortlich für Dein Stressempfinden. Der tolle Nebeneffekt des Reflektierens ist also, dass man weniger problemorientiert unterwegs ist. Es geht vielmehr darum, herauszufinden, wie man eigene alte Muster aufbricht, um lösungsorientierter in zukünftigen Situationen zu agieren. Du entrümpelst das Durcheinander in Deinem Kopf und schaffst es so, nach konkreten Lösungen Ausschau zu halten.

Durch Journaling Zusammenhänge erkennen und neues Denken lenken

Selbstreflexion wird jedoch erst dann wirklich Früchte tragen, wenn man es real tut. Eine gute Methode stellt hier das Journaling dar. Deshalb wird es im Folgenden darum gehen, welche Vorteile ein Journal mit sich bringt und welche Formen von Journaling es gibt.

Starten möchte ich aber damit, was ein Journal nicht ist. Ein Journal ist nicht dasselbe wie ein Tagebuch. Beim Tagebuch geht es vor allem darum, Deinen Tag chronologisch zu dokumentieren und alle Erlebnisse festzuhalten.

Genauso wenig geht es beim Journaling darum, besonders an einer schönen Sprache zu feilen oder das Geschriebene mit jemandem zu teilen.

Beim Journaling geht es primär darum, wie bei der Selbstreflexion auch, Dich intensiver mit Deinen eigenen Gedanken auseinanderzusetzen. Das gelingt im besten Falle durch die tägliche Praxis des Schreibens. Der Vorteil am Aufschreiben ist, dass Du Deine Gedanken verlangsamst und sie dadurch viel genauer betrachten kannst. Dieser Prozess des Verlangsamens zwingt Dich quasi dazu, Deine Gedanken und Gefühle in Worte zu fassen, denn nur mithilfe von Worten kommen sie aufs Papier. Dadurch entsteht oft automatisch und direkt eine gesunde Portion Distanz zwischen Dir und Deinen Gedanken.

Therapienutzen von Journaling

Die Methode des Journalings findest Du nicht ohne Grund auch als Therapiemethode in der psychologischen Psychotherapie. Alle Gedanken, die vorher einfach nur wahllos, unstrukturiert und schnell durch den Kopf geschossen sind, liegen durchs Schreiben plötzlich Schwarz auf Weiß vor einem.

Nicht nur Krankheitsbilder wie Depressionen, Zwangs- und Essstörungen oder (psycho-)somatische Erkrankungen etc. können dadurch verbessert werden, sondern auch der eigene Umgang mit Stress sowie den eigenen Sorgen und Ängsten. Das Aufschreiben ermöglicht es, sich die Gedanken von der Seele zu schreiben. Es gelingt sie loszulassen, damit sie uns innerlich nicht mehr so mitnehmen oder beschäftigen.

Dein Journal ist nur für Deine Augen bestimmt. Es sei denn, Du möchtest es natürlich mit jemandem teilen. In dem Bewusstsein, dass nur man selbst es liest, fällt es oft leichter, sich wirklich tiefergehend zu hinterfragen und auch unangenehme, beschämende oder schlichtweg negative Gedanken aufzuschreiben und diese wirklich zu analysieren. Es geht darum, einfach drauflos zu schreiben ohne groß nachzudenken. Es kommt weder auf die Qualität der Wörter noch auf Rechtschreibung oder Grammatik an. All das spielt absolut keine Rolle.

Im Hier und Jetzt ankommen

Das Tollste ist, dass ein Journal Dich darin unterstützen kann, Deinen Fokus auf die Dinge zu legen, die Du unter Kontrolle hast. Weiterhin unterstützt es Dich darin, Dein Denken zu lenken – und zwar auf die Dinge, auf die Du Dich fokussieren möchtest. So kommst Du zunehmend weg von dem Zustand, Dich von Deinem Gehirn und Deinen oft negativen Gedanken unbewusst steuern zu lassen.

All diese unschlagbaren Vorteile sind schön, aber letztendlich ist es wie bei jeder Methode, die ich Dir hier in diesem Buch, im Kugelzeit Coaching Podcast oder in meinen Coachings vorstelle: Erst durch Deine praktische Anwendung wirst Du merken, was ich meine. Du wirst die tatsächliche Wirkkraft hinter diesen Methoden verstehen, weil Du die Veränderungen in Deinem Kopf und Körper unmittelbar spürst. Glaube mir, sobald Du den ersten positiven Effekt gespürt hast, möchtest Du mit dem Journaling gar nicht mehr aufhören. Zumindest ist es bei mir so, weil diese Methode unglaublich schnell dazu führt, dass ich aus stressigen Situationen aussteigen und meine Sorgen und Ängste direkt entlarven kann. Je emotionaler und aufwühlender die Situation, desto stärker hilft mir persönlich das Journaling. Sobald ich den Stift in die Hand nehme und meine Gedanken schnell und ohne zu hinterfragen zu Papier bringe, halte ich meinen gedanklichen Teufelskreis an und sehe wieder klar. Egal mit was für einer unangenehmen Situation ich mich konfrontiert sehe: Die Antwort, wie ich damit umgehen möchte, ist bereits Teil des Problems und der stressigen Situation. Ich muss nur genauer hinschauen und mich von meinen eigenen negativen Gedanken nicht verrückt machen lassen. Je mehr ich dabei schreibe, desto besser.

Durch das Journaling kommst Du automatisch im Hier und Jetzt an. Du setzt Dich nämlich bewusst mit der Frage auseinander, wie es Dir gerade geht und vor allem wieso das so ist. Entweder lässt Du hier die Vergangenheit Revue passieren oder Du setzt Dich mit Deiner Zukunft auseinander. Egal ob Dich die unveränderliche Vergangenheit oder die unbekannte Zukunft beschäftigt, in beiden Fällen kommst Du in der flüchtigen Gegenwart an, und das, obwohl andere Zeitzonen das Thema des gegenwärtigen Moments sind.

Durch dieses Ins-Hier-und-Jetzt-Kommen schaffst Du es, Deinen Blick nicht mehr nur noch auf Deine Probleme zu richten, sondern lösungsorientierter vorzugehen. Das passiert oft automatisch und unbewusst. Ich bin nach wie vor überrascht, was ich beim Reflektieren so alles aufgeschrieben habe. Immer wieder entstehen bei jeder Reflexion neue Perspektiven und alternative Handlungsmöglichkeiten, die mir vorher nicht bewusst waren.

Dadurch wiederum passieren folgende großartige Dinge: Wenn Du Dich täglich ein paar Minuten mit Deiner eigenen inneren Welt beschäftigst, verstehst Du Dich selbst viel besser, denn es gelingt Dir aktiv aus Deinem Autopiloten auszusteigen. Bleibst Du zu lange in Deinem gemütlichen und energieschonenden Autopiloten sitzen, rauscht Dein Leben nur so an Dir vorbei und Du fragst Dich ununterbrochen, wo die Zeit schon wieder geblieben ist. Du machst immer wieder die gleichen Fehler und merkst nicht, wie viel Dir das Leben eigentlich schon beibringen wollte. Wenn Du diese Lerngeschenke des Lebens nicht wahrnimmst, machst Du immer wieder dieselben Fehler und Du erkennst Deine eigenen Muster in Deinem Verhalten und in Deinen Gedanken nicht. Durchs Journaling wirst Du Dir dieser Tatsachen viel schneller bewusst und kannst Dich für zukünftige stressige Situationen (die ebenfalls einem Muster bei Dir folgen) wappnen. Selbstreflexion ermöglicht es Dir, Dich in der Zukunft anders zu verhalten.

Verschiedene Varianten des Journaling

Es gibt verschiedene Möglichkeiten, in die Journaling-Praxis einzusteigen. Du kannst mit vorgefertigten und häufig wiederkehrenden Fragen arbeiten oder komplett frei alles zu Papier bringen, was Dir gerade durch den Kopf geht. Für welche Variante Du Dich entscheidest, ist typabhängig. Erlaubt ist alles, was für Dich funktioniert. So sind auch Mischformen möglich oder Du wechselst von einer zur anderen Methode und wieder zurück.

Ich selbst bin ein großer Fan des Freien Schreibens, weil ich bis jetzt noch kein vorgefertigtes Journal gefunden habe, welches die passenden Fragen für mich und meine stressigen Situationen bereithält.

Der Vorteil beim Freien Schreiben ist, dass Du wirklich nur ein Notizbuch und einen Stift brauchst und ungefiltert alles aufschreiben kannst, was Dich gerade beschäftigt. Dafür brauchst Du keine Fragen, die Dich anleiten und Dich oft in eine nicht zielführende Richtung navigieren. Durch das spontane Schreiben setzt Du Dich intensiv mit Deinen eigenen Gedanken und Gefühlen auseinander und schaffst dadurch eine bessere Verbindung zu Dir selbst. Oft fällt es uns im Alltag nämlich schwer, unsere Gedanken und vor allem auch unsere wahren Gefühle mündlich auszudrücken. Diese aufzuschreiben ist deshalb viel einfacher und es gibt im Gegensatz zu einem Dialog kein Gegenüber, vor dem wir uns beispielsweise rechtfertigen müssen.

Um direkt mit dem Journaling starten zu können, findest Du auf den folgenden Seiten beide Journaling-Varianten zum Testen. Probiere gerne beide Fassungen für Dich aus, um ein Gespür dafür zu erlangen, wie Du mit ihnen zurecht kommst oder kombiniere sie direkt miteinander.

In diesem Sinne: Viel Freude beim Journaling!

Falls Du Dich langfristigen psychischen Belastungen ausgesetzt siehst, zögere bitte nicht, Dir weitere Hilfe zu holen. Journaling ersetzt keine Psychotherapie und manche persönlichen Herausforderungen können schneller und effektiver mit einer Expertin oder einem Experten behandelt werden. Sich Hilfe zu suchen und diese dann auch anzunehmen, zeugt von Mut und Wertschätzung sich selbst gegenüber.

1. **Freies Schreiben:** Schreib alles auf, was Dir spontan einfällt, wenn Du an Deine Schwangerschaft und die Geburt denkst. Überleg nicht, ob es gut oder schlecht ist, was Du aufschreibst, sondern schreib einfach wirklich alles auf, was Dich beschäftigt.

2. **Vorgefertigte Fragen:** Oft ist die Lösung eines Problems nicht wirklich offensichtlich, weil die eigentliche Ursache nicht erkennbar ist. Um die tatsächliche Ursache ans Licht zu holen, kannst Du Dich fünf mal "Warum" fragen.

Ausgangspunkt:

Ich komme zu spät zu einem Frauenarzttermin.

1. Warum komme ich zu spät?

Weil ich zu spät losgefahren bin.

2. Warum bin ich zu spät losgefahren?

Weil ich verschlafen habe.

3. Warum habe ich verschlafen?

Weil ich zu spät eingeschlafen bin.

4. Warum bin ich zu spät eingeschlafen?

Weil mich meine Gedanken nicht losgelassen haben.

5. Warum haben mich meine Gedanken nicht losgelassen?

Weil ich mich mit meinem Partner gestritten habe.

WIE DU BEI STRESS DIE ACHTSAMKEIT FÜR DICH NUTZT

Wusstest Du, dass eine wichtige Voraussetzung für eine glückliche, gelassene und damit eben auch eine sorgenfreie Schwangerschaft Achtsamkeit ist?

Lass uns die Definition von Achtsamkeit einmal genauer anschauen: Ursprünglich stammt der Begriff aus dem Buddhismus und ist eine Form der Meditation. Achtsam sein heißt Momente bewusst wahrzunehmen und zu erleben.

Wenn Du ehrlich zu Dir selbst bist, bist Du wahrscheinlich gedanklich ganz selten einfach im Hier und Jetzt. Also da, wo Deine Füße sind. Du bist vielmehr in der Vergangenheit oder in der Zukunft. Doch wenn Du einmal verstanden hast, dass es Dir im Hier und Jetzt meistens ziemlich gut geht, möchtest Du da automatisch immer wieder hin. Das gelingt Dir durch Achtsamkeit.

Meine ersten Berührungspunkte mit der Achtsamkeit

Vielleicht hast Du schon mal von Jon Kabat-Zinn gehört. Er hat eine Methode entwickelt, die sich "mindfulness based stress reduction" nennt. Sie ist zum einen wissenschaftlich gut fundiert, zum anderen hat sie nichts mit Spiritualität zu tun. Zwei Punkte, die mir sehr wichtig sind, weil ich sonst oft zu mache und mich nicht drauf einlassen kann.

Damals im Psychologiestudium, als ich unglaublich gestresst war, weil ich mir über alles Sorgen gemacht habe, habe ich einen achtwöchigen Kurs belegt, der tatsächlich mein Leben verändert hat. Weil ich durch diesen Kurs beziehungsweise durch Achtsamkeit gelernt habe, meinen Stress bewusst wahrzunehmen. Das ist immer der Schlüsselmoment, damit man den Stress dann mit den richtigen Methoden regulieren kann.

Achtsamkeit in der Schwangerschaft

Achtsamkeit bedeutet, auf unseren Körper, unsere Gefühle sowie unser Verhalten zu achten, ohne – und das ist der springende Punkt – zu bewerten. Dadurch vergrößert sich der Raum zwischen Reiz und Reaktion und wir können zu jeder stressigen Situation Abstand gewinnen.

Achtsamkeit im rationalen Sinne bedeutet eigentlich nichts anderes als: Du nimmst wahr, welche äußeren aber auch inneren Reize auf Dich wirken und Du entscheidest Dich dann bewusst dafür, die Reize mit Stress aufzuladen oder eben nicht.

In Bezug auf Deine Schwangerschaft könnte das zum Beispiel heißen, dass es Dir wichtig ist, viel Sport zu machen, um fit zu bleiben. Ein unbewusster Grund für Deine sportlichen Aktivitäten könnte jedoch darüber hinaus sein, dass Du einer bestimmten Norm entsprechen willst. Der Norm von einem ganz klaren Idealbild einer Schwangeren, das in unserer Gesellschaft suggeriert wird. Nämlich dem, einer dünnen Frau, bei der nur ein wunderschöner Babybauch wächst und sonst nichts. Um diesem Bild gerecht zu werden, möchtest Du viel Sport machen. Da sich Dein Körper aber verändert, kannst Du natürlich nicht mehr Dein altes Sportprogramm durchziehen. Du schaffst nur einen Bruchteil. Wenn Du jetzt im Autopiloten unterwegs bist, merkst Du vielleicht, dass Du schlechte Laune bekommst, weißt aber nicht, wieso das so ist.

Wenn Du Dir die Situation aber bewusst anguckst und dadurch achtsam wirst, merkst Du, dass Du gestresst bist, weil Du eben nicht mehr so viel wie früher schaffst und es sich doof anfühlt oder Du schon lange überhaupt keine Lust mehr auf Sport hast. Das wiederum macht Dir ein schlechtes Gewissen.

Durch Achtsamkeit kannst Du entscheiden, ob Du Dich davon stressen lassen willst, oder ob Du Dir sagst, dass es okay ist, weil Dein Körper sowieso die ganze Zeit auf Hochtouren arbeitet. Entscheidest Du Dich dafür, Deinem Körper auch ohne Sport Anerkennung zu zollen, bist Du automatisch entspannter.

Das heißt durch die Gesellschaft wurde Dir das falsche Bild der schlanken Schwangeren vorgegeben, die sich in ihrem Körper pudelwohl fühlt. Dich aber stresst dein Körper in der Schwangerschaft nur deshalb, weil er diesem falschen Bild nicht entspricht.

Lenke Deinen Fokus wie einen Scheinwerfer

Um solche Dinge zu hinterfragen, brauchen wir die Achtsamkeit. Wir sind im Alltag nämlich viel zu oft im Autopiloten unterwegs. Wir leben unser Leben meist unbewusst. Das kann durchaus energieschonend sein. Wenn wir zum Beispiel Auto fahren, hilft uns der Autopilot sehr, weil wir nicht darüber nachdenken müssen, wo das Gas und wo die Bremse ist. Der Autopilot hat aber auch Nachteile. So hält er uns in stressigen Situationen gefangen. Zum Beispiel, wenn wir chronisch unter Zeitdruck stehen und der Tag einfach nur an uns vorbei rauscht. Wenn wir 10 Gedankengänge parallel haben und nur damit beschäftigt sind, uns über die Vergangenheit zu ärgern. Wir verharren bei dem Abend mit Freunden, weil wir nicht schlagfertig genug waren und uns der passende coole Spruch erst auf dem Heimweg eingefallen ist. Oder wir haben Angst vor dem morgigen Tag, weil der große Ultraschall bevorsteht und wir uns selbstverständlich wünschen, dass hoffentlich alles gut ist. In solchen Situationen leben wir nicht wirklich bewusst im Moment und der Autopilot ist hinderlich, weil wir aus der stressigen Situation nicht schnell wieder rauskommen.

Was dagegen hilft, ist Achtsamkeit. Es liegt in Deiner Hand ob Du achtsam mit Dir umgehst oder nicht. Du kannst Deine Aufmerksamkeit trainieren und Dich immer wieder auf sie fokussieren und Du kannst Dir die Aufmerksamkeit wie einen Scheinwerfer vorstellen. Je nachdem, worauf Du den Scheinwerfer richtest, darauf fokussierst Du Dich auch. Alles andere bleibt unbemerkt im Dunkeln. Du kannst das Licht Deiner Aufmerksamkeit hin- und herbewegen und selbst entscheiden, wohin Dein Fokus gerade gehen soll oder auf welchen Reiz Du Dich gerade konzentrieren möchtest. All Deine Sinne kannst Du steuern, wenn Du das möchtest, auch wenn Du es vermutlich ganz oft eher nicht machst und im Autopiloten unterwegs bist.

So kannst Du zum Beispiel Dein Gehör steuern, indem Du Dich bewusst auf Geräusche in Deiner Nähe oder in der Ferne konzentrierst. Oder Du kannst Geräusche komplett ausblenden, obwohl sie weiterhin da sind. Wenn Du zum Beispiel an einer großen Straße wohnst, hörst Du den Verkehr teilweise nicht mehr. Auch wenn Du in einem Laden einkaufen bist und etwas Bestimmtes suchst, fällt Dir die Musik im Geschäft meist gar nicht mehr auf.

Auch Deinen Tastsinn kannst Du direkt ansteuern und bewusst wahrnehmen. Ich könnte Dich jetzt zum Beispiel bitten, Dich darauf zu konzentrieren, wie sich dieses Buch gerade in Deinen Händen anfühlt und Du könntest Dich auf diese Empfindungen konzentrieren.

In dem Moment, in dem Du Dich darauf fokussierst, nimmst Du das Buch in Deiner Hand bewusst wahr, obwohl die Rezeptoren Deiner Handfläche den Druck des Buches die ganze Zeit gemerkt haben.

Deine Wahrnehmung ist immer da, wo Deine Aufmerksamkeit ist. Deine Aufmerksamkeit wiederum steuerst Du durch Achtsamkeit.

Deine Wahrnehmung unter Stress

Eine weitere faszinierende wissenschaftliche Erkenntnis in Bezug auf unsere Sinne ist die Folgende: Wenn Du gestresst, wütend oder verärgert bist, weiten sich Deine Pupillen unbewusst. Als Folge davon nimmst Du die Welt anders wahr. Das, was im Fokus steht, wird scharf eingestellt, und alles andere darum herum wird unscharf. Das, was Dich stresst, ist in dem Moment also schärfer im Fokus und alles andere nimmst Du nur noch verschwommen wahr. Du siehst die Welt unter Stress tatsächlich anders.

Nicht nur das, auch Deine Zeitwahrnehmung verändert sich. Du nimmst sie viel schneller wahr. Dinge außerhalb von Dir scheinen sich langsam zu bewegen im Vergleich dazu, wie Du Dich innerlich fühlst. Wenn Du zum Beispiel unterwegs bist und schon wieder auf die Toilette musst, während Du in der Schlange anstehst, scheinen sich die Person vor Dir extrem langsam zu bewegen.

Oder wenn Du komplett erschöpft bist, bewegen sich die Dinge vor Dir sehr schnell. Wenn Du etwa nach der Arbeit total müde einkaufen gehst, zieht die Kassiererin oder der Kassierer Deine Sachen scheinbar blitzschnell übers Band und Du kommst mit Einpacken und Bezahlen kaum hinterher.

Zur richtigen Zeit achtsame Lichtakzente setzen

Neben Deinen fünf Sinnen, auf die Du Deine Aufmerksamkeit richten kannst, gibt es noch Deine Gedanken. Sie sind etwas kompliziert für uns, weil sie ein wenig abstrakter sind. Aber auch im Hinblick auf Deine Gedanken lohnt es sich, den Lichtkegel Deines Scheinwerfers bewusst einzusetzen. So kannst Du letztendlich selbst entscheiden, ob Du Dich von Deinen negativen Überlegungen leiten lassen möchtest oder ob Du den Scheinwerfer von ihnen abziehst. Dafür brauchst Du aber die Achtsamkeit, weil Dir sonst gar nicht bewusst ist, dass Du einen Scheinwerfer hast, in welche Richtung er gerade ausgerichtet ist und wie Du ihn aktiv steuern kannst.

Vielleicht denkst Du jetzt: Ja, das klingt alles schlüssig, aber wie bekomme ich es hin, das Licht von meinem Scheinwerfer bewusst einzusetzen?

Entdecke Deine Sinne im Alltag!

Wie Du Situationen und Gedanken ins rechte Licht rückst, ist eigentlich ganz einfach. Wie vieles im Leben macht Übung den Meister. Üben kannst Du zum Beispiel schon an einer roten Ampel oder in einer Warteschlange. Ärgere Dich also nicht mehr über solche Situationen, sondern freue Dich über Deinen Trainingsmoment. Fokussiere Dich in dem Moment nur auf einen Deiner Sinne und nimm ihn ganz bewusst wahr. Ohne zu bewerten. Dadurch kommst Du in der flüchtigen Gegenwart an. Vielleicht merkst Du im Supermarkt, wie viele Schuhe man auf dem Boden quietschen hört. Oder Du fokussierst Dich nur auf Stimmen in Deinem direkten Umfeld. Sei kreativ und probier einfach aus, was Du hörst. Dadurch merkst Du, wo Du gerade bist.

Das kannst Du natürlich auch zu Hause unter der Dusche machen oder wenn Du etwas Leckeres genießt. Wenn Du duschst, dann dusche! Denke nicht über irgendwas nach, sondern konzentriere Dich auf das warme Wasser. Wie fühlt es sich an? Wie hört es sich an? Fokussiere und konzentriere Dich wirklich nur auf Dich selbst. Dadurch lernst Du mit der Zeit, den Moment wertzuschätzen, ohne mit Deinen Gedanken noch in der Vergangenheit oder schon in der Zukunft zu sein. Dadurch entwickelst Du mit der Zeit eine innere Ruhe und Gelassenheit. Das Tolle ist, dass sich Deine Tage durch das bewusste „Immer-wieder-ins-Hier-und-Jetzt-Holen" länger und schöner anfühlen werden.

Negative Gedanken in der Schwangerschaft bewusst stoppen

Und wieso ist das jetzt so wichtig für eine glückliche und gelassene Schwangerschaft?

Eine glückliche und gelassene und damit oft auch sorgenfreie Schwangerschaft erlebst Du, wenn Du verstehst, wo Deine Aufmerksamkeit ist. Wenn Du sie dann bewusst auf Sachen richten kannst, die Dir wichtig sind, und bewusst von Sachen abziehen kannst, die Dir nicht wichtig genug sind. Durch Achtsamkeit kannst Du aus dem typischen Teufelskreis aussteigen.

Wenn Du Angst hast, dass Dein Körper vielleicht nicht in der Lage ist, ein gesundes Kind heranwachsen zu lassen oder Du Dir Sorgen darüber machst, dass Dein Körper das Baby wieder abstoßen könnte, ist es wichtig, dass Du solche Gedanken wahrnimmst. Tust Du das nicht, kannst Du nichts ändern und wirst vermutlich so lange eine innere Unruhe spüren, bis Dein Baby endlich auf der Welt ist.

Um aus diesem Teufelskreis auszusteigen, musst Du also achtsam sein. Wenn Du dann Deine Gedanken in der akuten Situation wahrgenommen hast, kannst Du eine bewusste Entscheidung treffen. Nämlich für oder gegen diesen erspürten Gedanken. Du kannst bewusst Abstand von ihm nehmen, wenn Du merkst, dass er Dir nichts bringt, er Dich stoppt und sogar negative Auswirkungen hat, weil Dein Stresslevel permanent steigt. In diesen Momenten kannst Du Dich nicht nur gegen den negativen Gedanken entscheiden, sondern darüber hinaus bewusst Überlegungen anstellen, die Dir helfen und Dich stärken. Gedanken, die Dich stärken, bewegen unglaublich viel!

Erste Wahrnehmungsübungen mit Deinen 5 Sinnen

Das ist natürlich gerade am Anfang gar nicht so leicht. Bewusstsein schaffen kostet Energie und der Autopilot lockt eben mit viel weniger Energieaufwand. Unser Gehirn liebt es, energieschonend zu arbeiten. Deswegen kostet es uns am Anfang enorm an Kraft. Ein guter Umgang mit den eigenen Sorgen, Ängsten und Stress ist jedoch eine Kompetenz und die kann man wie einen Muskel trainieren. Je mehr Du trainierst, desto kompetenter wirst Du, desto leichter fällt es Dir, Dir Deiner Gedanken bewusst zu werden. So kommst Du auf die Metaebene und kannst bewusst Deine Bewertungen verändern.

Der erste Schritt ist es, achtsam zu sein und damit Deine Aufmerksamkeit zu schärfen. Lerne also, Deinen Scheinwerfer bewusst einzusetzen. Das kannst Du wiederum tun, indem Du Dir vornimmst, häufiger bewusst einen Deiner fünf Sinne einzusetzen. Sei es beim Einkaufen, Duschen, Baden, Spazierengehen oder bei einer anderen Tätigkeit, die Dir gerade einfällt.

In diesem Sinne: Viel Erfolg beim achtsamen und aktiven Wahrnehmen!

WERDE DIE REGISSEURIN DEINES EIGENEN KOPFKINOS

Du denkst jeden Tag an die 60.000-80.000 Gedanken. Unter diese Gedanken fallen auch solche, die sich auf unveränderliche Ereignisse beziehen. Unveränderlich deswegen, weil sie bereits in Deiner Vergangenheit stattgefunden haben und Du sie nicht mehr ändern kannst – ganz gleich, wie oft Du über sie nachdenkst. Wenn Du Dich zum Beispiel darüber aufregst, dass Deine Frauenärztin ziemlich forsch mit Dir gesprochen hat, wird sich diese Tatsache nicht mehr rückgängig machen lassen, nur weil Du gedanklich an ihr festhältst und Dich weiterhin darüber aufregst. Alles, was dadurch passiert, ist, dass Du Deine Energie verschwendest. Unter diese Gedanken fallen aber auch solche, die Dich gedanklich in die Zukunft ziehen, weil Du Hypothesen darüber aufstellst, wie etwas wohl sein wird. Da unser Gehirn eine Negativitätstendenz hat, sind diese Hypothesen meist ausschließlich negativer Natur. Wenn Du Dir beispielsweise Sorgen um die Gesundheit Deines Babys machst oder ein mulmiges Gefühl vor der Geburt hast, liegt das an den negativen Gedanken, die Du über die Zukunft aufstellst.

Darüber hinaus gibt es neutrale Gedanken, die sich auf die Zukunft und die Vergangenheit beziehen. Wenn Du darüber nachdenkst, was Du heute Abend essen wirst oder nächste Woche im Garten erledigen kannst, weil das Wetter gut wird.

Der Einfluss bewusster und unbewusster Glaubenssätze

Egal, um welche Gedankentypen es sich handelt, den Großteil davon wiederholst Du unbewusst Tag für Tag. Ob Du Dir dessen bewusst bist oder nicht, Du hast ein ununterbrochenes Kopfkino am Laufen.

Vor allem Deine Glaubenssätze, die Dich stark prägen, ohne dass es Dir bewusst ist, wiederholen sich in der Endlosschleife. Glaubenssätze sind dabei nichts anderes als generalisierte Gedanken, von denen Du annimmst, dass sie wahr sind.

„Ich bin es nicht wert, geliebt zu werden."

„Ich bin nicht gut genug."

„Ich bin dumm/unordentlich/unpünktlich/ zu alt/zu jung."

„Ich verdiene es nicht."

Um nur einige Beispiele zu nennen.

Auch wenn Glaubenssätze total individuell sind, haben alle zwei Dinge gemeinsam:

Das ständige Wiederholen führt erstens dazu, dass sich Glaubenssätze auf Deine Gefühle und Dein Verhalten auswirken. Zweitens bist Du umso überzeugter davon, dass sie wirklich wahr sind, je öfter Du sie denkst.

Deine Gedanken haben dementsprechend einen großen Anteil daran, wie Du Deine Schwangerschaft wahrnimmst. Deswegen ist ihre Qualität ausschlaggebend dafür, ob Du eine glückliche, gelassene und sorgenfreie Schwangerschaft erlebst oder ob sie das Gegenteil davon ist.

Was negative und positive Wörter in unserem Kopfkino auslösen können

Um die Qualität unserer Gedanken zu beeinflussen, können wir uns die Art und Weise, wie unser Gehirn funktioniert, zunutze machen. Zum einen können wir nicht gleichzeitig an zwei Dinge denken. Zum anderen kann unser Gehirn nicht zwischen tatsächlich Erlebtem und imaginärer Erfahrung unterscheiden. Egal, ob wir durch Hypothesen oder durch Fakten gestresst sind: In beiden Fällen werden die gleichen psychischen und körperlichen Reaktionen hervorgerufen und unser Hormonhaushalt verändert sich. Manchmal nur für ein paar Minuten, oft aber über Stunden, Tage oder Monate hinweg.

Um diese Erkenntnis, also den direkten Zusammenhang zwischen Deinen Gedanken und Deiner körperlichen Reaktion zu verdeutlichen, kannst Du ein kleines Experiment durchführen. Stelle Dir eine schön gelbe und saftige Zitrone vor. Wenn Du Dir dieses Bild vor Augen führst und Dir dann vorstellst, Du würdest die Zitrone durchschneiden, sie dann zum Mund führen und in sie hineinbeißen, merkst Du vielleicht, dass Dir tatsächlich Wasser im Mund zusammen läuft oder Du sogar das Gesicht verziehen musst. Du spürst bereits die Säure der Zitrone im Mund. Und all das nur, weil Du in Gedanken bei einer sauren Zitrone warst.

Wenn Du Angst vor Spinnen hast, wird Dir beim Visualisieren Ähnliches passieren: Sobald Du Dir eine Spinne krabbelnderweise auf Deinem Körper vorstellst, stellen sich direkt Deine Arm- und Nackenhaare auf und Du bekommst auf der Stelle eine Gänsehaut. Auch das geschieht, obwohl von einer Spinne weit und breit keine Spur ist.

6 Grundvoraussetzungen für wirkungsvolles Visualisieren

Wörter haben eine enorme Kraft auf uns, und sie ist nicht immer positiv. Vor allem dann nicht, wenn es um die wundervolle Zeit von Schwangerschaft und Geburt geht. Um hier entgegenzuwirken und sich von Ängsten nicht steuern zu lassen, die durch Worte unbewusst ausgelöst werden, gibt es eine Methode, die ich aus dem Leistungssport für mich entdeckt habe. Ich liebe sie, denn durch sie können wir unser Gehirn mit seiner Negativitätstendenz austricksen. Es handelt sich um die Methode der Visualisierung, mit deren Hilfe wir uns bewusst für schöne Gedanken entscheiden können. Sie schenkt uns Selbstsicherheit und Vertrauen in uns und unseren Körper und den Prozess einer Schwangerschaft. Damit nutzt Du Dein Kopfkino für und nicht mehr gegen Dich.

Beim Visualisieren geht es nämlich vor allem darum, in Bildern zu denken. Wörter beziehungsweise Sprache allgemein wird beiseite geschoben. Denken wir in Bildern, können wir nämlich viel schneller positive Emotionen hervorholen und gleichzeitig unsere Sorgen und Ängste minimieren.

Visualisierung ist auf zwei Weisen möglich: Entweder können wir uns Ereignisse, Erlebnisse oder Erfahrungen vorstellen, die bereits hinter uns liegen oder aber wir stellen uns vor, wie etwas in der Zukunft sein wird. Wichtig hierbei ist, dass wir dabei alle unsere fünf Sinne mit einbeziehen. Damit das Visualisieren bei Dir funktioniert, gibt es ein paar wichtige Voraussetzungen, die Du kennen solltest:

1. **Die Fähigkeit der Visualisierung ist eine Kompetenz. Das heißt, es ist eine erlernbare Fähigkeit.** Wie bei allen Dingen, die wir lernen können, werden wir nur durch Üben, Ausprobieren und regelmäßiges Trainieren besser. Je mehr Du trainierst, desto qualitativ hochwertiger entwickeln sich Deine inneren Bilder und desto größer wird Dein Nutzen sein. Lass Dich also nicht davon abschrecken, dass es Dir am Anfang vielleicht schwer fällt, Deine Aufmerksamkeit für einen längeren Zeitraum bewusst auf schöne Dinge zu richten.

2. **Visualisierung funktioniert am besten, wenn Du entspannt bist.** Suche Dir gerade am Anfang Deines Trainings eine ruhige Umgebung, in der Du wenig abgelenkt wirst. Wähle ebenso eine Zeit, in der Du überhaupt keinen Zeitdruck hast. Je mehr Erfahrungen Du mit dieser Methode gewonnen hast, desto flexibler kannst Du diese Technik auch in einem anderen Setting üben.

3. **Besonders wirksam ist das Visualisieren, wenn Du Dich bei Deinen inneren Bildern auf Dinge konzentrierst, die in Deiner Macht liegen.** Situationen, die Du durch Dein Handeln ganz konkret beeinflussen kannst. Wenn Du Dich zu sehr auf Faktoren und Gegebenheiten fokus-

sierst, die Du einfach nicht verändern kannst, sinkt die Wirksamkeit Deines Trainings.

4. **Gerade wenn Du neu mit dieser Methode arbeitest, wird sie Dich kognitiv anstrengen und Dich Energie kosten.** Mit der Zeit jedoch, wenn Du fast automatisch und in fast jeder Lebenslage visualisieren kannst, wird es zunehmend einfacher und Du wirst schnell Erfolge merken.

5. **Dein eigenes Mindset spielt hierbei erneut eine große Rolle.** Je überzeugter Du von dieser Methode und von dem, was Du visualisierst, bist, desto motivierter wirst Du sein. Dann wendest Du diese Methode ganz von alleine und so oft es geht an und die positiven Veränderungen im Umgang mit Deinen Sorgen und Ängsten stellen sich schneller ein.

6. **Last but not least: Die vermutlich wichtigste Voraussetzung ist regelmäßiges, genauer gesagt tägliches Üben.** Nimm Dir dafür in den nächsten Wochen gerne mindestens 10-15 Minuten am Tag Zeit. Auch hier ist es wie bei allen anderen Methoden: Der Schlüssel liegt in der praktischen Anwendung. Bevor Du Dich mit den nächsten Methoden beschäftigst, nutze die freien Seiten im Buch und schreibe Deine Visualisierung von einer glücklichen und gelassenen Schwangerschaft sowie einer selbstbestimmten Geburt wirklich auf. Damit hast Du den ersten und oft schwierigsten Schritt direkt hinter Dir.

Die 4 Anwendungsmöglichkeiten einer Visualisierung

Jetzt wo Du alle wichtigen Voraussetzungen kennst, geht es darum, Dein neues Wissen anzuwenden. Bevor Du selbst aktiv wirst, möchte ich Dir gerne noch vier verschiedene Möglichkeiten aufzählen, wie beziehungsweise was Du genau visualisieren kannst.

1. Subjektive oder objektive Visualisierung

- Bei der subjektiven Visualisierung siehst Du Deine glückliche und gelassene Schwangerschaft durch Deine eigenen Augen. Das heißt, Du bist die Darstellerin Deines Films und nimmst die Innenperspektive ein.
- Bei der objektiven Visualisierung beobachtest Du Dich gewissermaßen von oben, indem Du die Beobachterrolle und somit eine Außenperspektive auf Dich einnimmst.

2. Positive Visualisierung ohne Negation

- Vermeide Sätze, in denen die Worte „kein"/„ohne"/„nicht" etc. vorkommen. Damit Dein Gehirn diese Worte interpretieren und verstehen kann, muss es erst einmal daran denken, woran es nicht denken soll. Du möchtest ja aber gerade nicht mehr Deine Sorgen und Ängste in den Vordergrund stellen. Dein Ziel ist es, die synaptischen Verbindungen mit der Zeit abzubauen und nicht weiter zu stärken. Achtung: auch Worte wie "sorgen-" oder "angstfrei" zählen hier mit rein.

- Visualisiere ausschließlich positive Dinge, Emotionen und Ereignisse. Also alles, was Teil Deiner Schwangerschaft oder Deines Leben sein soll. Anstatt von "angstfrei" zu sprechen, formuliere lieber Sätze wie "Ich genieße jeden Moment und bin im Hier und Jetzt".

3. Gegenwartsbezogene Visualisierung

- Stell Dir vor, Dein gewünschtes Zielbild ist bereits Realität. Wenn Du davon ausgehst, dass Du jetzt schon eine glückliche und gelassene Schwangerschaft erlebst und in diese Emotion eintauchst, produziert Dein Gehirn automatisch und unmittelbar Hormone, die Dich in Deinem Denken unterstützen. Das hilft, Dich direkt gut zu fühlen. Das, was Du Dir in Gedanken selbst erzählst, ganz gleich ob bewusst oder unbewusst, hat immer einen sofortigen Einfluss auf Deine körperlichen und emotionalen Empfindungen. Im Negativen bist Du bestimmt Weltmeisterin darin. Es wird Zeit, dass Du auch die andere Seite kennenlernst.

4. Schreib Deine Visualisierung nieder

- Gerade am Anfang Deiner Visualisierungs-Praxis ist es äußerst hilfreich, wenn Du Dir Deine konkreten Bilder, die Du im Kopf hast, erst einmal aufschreibst. Dies ist vor allem hilfreich, wenn Du Dich in einem zweiten Schritt auf Deine Sinne konzentrierst.

Visualisierung in 2 Schritten:
Was ist Dein Idealszenario?

Im Folgenden geht es nun um die konkrete Umsetzung der Visualisierungsübung:

1. Schritt: Führe Dir Deine perfekte Schwangerschaft vor Augen

Beantworte in 8-10 ganz konkreten Sätzen die folgende Frage schriftlich und nutze dabei die vier oben genannten Punkte:

"Wenn in Deiner Schwangerschaft alles perfekt laufen würde, wie würde sie dann aussehen?"

Je konkreter Du Deine perfekte Schwangerschaft vor Augen hast, desto effektiver kann Dein Gehirn dafür sorgen, dass die nötigen synaptischen Verbindungen aufgebaut werden.

Damit verständlicher wird, was ich mit "konkret" meine, findest Du hier ein paar Beispiele aus meiner eigenen Visualisierungs-Praxis:

- Ich liebe meine Schwangerschaft und jede Veränderung, die durch sie entsteht.
- Ich fühle mich in meinem Körper wohl und freue mich über jedes Gramm mehr, weil es dadurch meinem Baby gut geht.

- Ich vertraue meinem Körper und meinem Baby zu jeder Zeit.
- Ich umgebe mich nur noch mit positiven Informationen rund um die Themen Schwangerschaft und Geburt, denn dadurch wird meine Schwangerschaft noch glücklicher und gelassener.
- Ich freue mich auf die Geburt und kann es kaum erwarten, dieses einmalige Ereignis zu erleben.
- Ich bin viel im Hier und Jetzt und genieße auch die kleinen Augenblicke in vollen Zügen.
- ...

2. Schritt: Nutze Deine fünf Sinne

Damit sich möglichst viele neue synaptische Verbindungen in Deinem Gehirn aufbauen, ist es in einem zweiten Schritt sinnvoll, Dir einmal am Tag einen Deiner 8-10 Sätze vorzunehmen und diesen mit Deinen fünf Sinnen vor Deinem inneren Auge zu durchleben. Hier reicht es, wenn Du Dir die Sätze nur gedanklich vorstellst. Du brauchst sie nicht aufzuschreiben.

Lass uns das Ganze an diesem Satz verdeutlichen: "Ich bin viel im Hier und Jetzt und genieße auch die kleinen Augenblicke in vollen Zügen." Personalisiere diesen Satz so gut es geht, indem Du Dir eine konkrete Situation vorstellst, in der Du kleine Augenblicke genießt und wirklich achtsam bist. Diese Situationen können sich in den nächsten Wochen Deines Trainings auch gerne ändern. Je vielfältiger der Kontext, desto interessanter bleibt die Übung.

1. **Sehen:** Ich sehe mich, wie ich bewusst innehalte, weil mir die Sonne ins Gesicht scheint. Ich nehme die Blumen und Bienen um mich herum wahr und freue mich über die schönen Farben der Natur. Ich nehme wahr, wie sich die Schatten der Blumen und Bäume auf dem Boden abzeichnen und freue mich über das satte Blau des Himmels. Ich beobachte, wie sich mein Bauch bewegt, weil sich mein Baby dreht und genieße den Anblick.

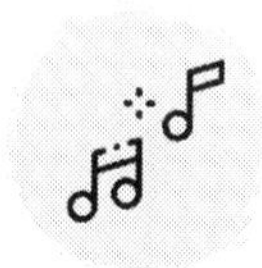

2. **Hören:** Ich höre, wie die Bienen umherfliegen und wie der Wind ganz sachte durch die Blätter der Bäume streicht. Die Vögel zwitschern vor sich hin und ich höre das Prickeln des Sprudelwassers in meinem Glas.

3. **Riechen:** Ich rieche den Duft der Blumen und das frisch gemähte Gras.

4. **Tasten:** Ich streiche mit meiner Hand durch die Blumen auf der Wiese und spüre sie auf meiner Haut. Auch die Purzelbäume von meinem Baby nehme ich achtsam wahr und freue mich über jede Empfindung.

5. **Schmecken:** Ich schmecke das kalte, klare und weiche Wasser.

„ICH VERTRAUE MEINEM KÖRPER UND MEINEM BABY ZU JEDER ZEIT."

1. **Sehen:** Ich sitze bequem und lächelnd in meinem Lieblingssessel und streichele mir über den Bauch. Ich habe gemütliche Klamotten an, in denen ich mich pudelwohl fühle.

2. **Hören:** Ich höre das Gluckern in meinem Bauch und das angenehme Schnurren meiner Katzen im Hintergrund. Durch das offene Fenster kommt das Vogelgezwitscher rein und ich höre meine Tochter und meinen Partner im Kinderzimmer lachen und herumalbern.

3. **Riechen:** Ich rieche den Duft der Blumen aus der Vase und den leckeren Geruch von dem Obstteller, der vor mir steht.

4. **Tasten:** Ich spüre die sanften Bewegungen meines Babys in meinem Bauch und nehme mit meinen Händen die Wärme meiner Haut am Bauch wahr. Ich spüre, wie meine Füße auf dem Boden stehen und mein restlicher Körper entspannt ist und etwas Schwere in den Sessel abgibt.

5. **Schmecken:** Ich schmecke die Süße der Erdbeeren mit dem frischen Klecks Schlagsahne.

Du merkst: Deiner Kreativität sind keine Grenzen gesetzt und Du kannst Dir genau das vorstellen, was Dich wirklich glücklich macht und Dich entspannen lässt. Ich selbst liebe es, diese Übung abends im Bett zu machen, da ich danach immer unglaublich glücklich und zufrieden einschlafe.

In diesem Sinne: Viel Spaß beim Ausmalen Deiner schönsten Wartezeit!

HIER IST PLATZ FÜR DEINE VISUALISIERUNG

WARUM DAS SCHLIMMSTE EREIGNIS EIN SEGEN SEIN KANN

Viele unserer Sorgen und Ängste in Bezug auf die Schwangerschaft, aber auch darüber hinaus, sind unsere ständigen und unbewussten Begleiter.

Angst zu haben ist per se erst einmal nichts Schlechtes, sondern dient uns als Schutzmechanismus. Gar nicht so selten kommt es allerdings vor, dass uns Angst nicht wirklich schützt, sondern uns klein hält und stresst.

Typische Ängste in der Schwangerschaft

Viele Menschen im Allgemeinen, aber eben auch viele Schwangere im Speziellen, teilen folgende Ängste, die uns eher im Weg stehen, als uns eine glückliche und gelassene Schwangerschaft zu ermöglichen:

1. **Angst vor Veränderung:** Hinter dieser Angst steckt die Sorge, neuen Aufgaben nicht gerecht zu werden oder nicht gewachsen zu sein. Eine Schwangerschaft oder aber die neue Rolle als Mama stellt dabei, vor allem in der ersten Schwangerschaft, eine große und nicht einschätzbare Veränderung dar.

2. **Verlustangst:** Hinter dieser Angst steckt die Sorge, einen geliebten Menschen zu verlieren. Dabei ist es ganz egal, ob dieser Mensch (noch) im eigenen Bauch ist oder nicht.

3. **Existenzangst:** Hinter dieser Angst steckt die Sorge, dass sich der eigene Lebensstandard zum Nachteil verändert. Zwar können wir uns in Deutschland glücklich schätzen, dass wir finanzielle Mittel zur Seite gestellt bekommen. Dennoch bedeutet es, dass wir voraussichtlich erst einmal weniger Geld zur Verfügung haben, sobald wir ein Kind in die Welt setzen.

Die drei genannten Kategorien decken natürlich nicht alle Aspekte der Angst ab, finden sich aber vor allem während der Schwangerschaft immer wieder. Einige dieser Ängste würden konkret ausformuliert folgendermaßen lauten:

- Was ist, wenn ich zu viel zunehme?
- Was ist, wenn meine Karriere jetzt beendet ist?
- Was ist, wenn mein Baby nicht gesund ist?
- Was ist, wenn ich eine Fehlgeburt erleide?
- Was ist, wenn ich keine gute Mama werde?

Selbst wenn wir ein paar Tage nicht über unsere Ängste nachdenken, sind sie nicht wirklich überwunden, sondern warten nur darauf, sich wieder in unsere Gedanken einzumischen. Solche Ängste führen oft dazu, dass unser Stresslevel konstant hoch bleibt und wir innerlich einfach nicht zur Ruhe kommen. Auch wenn es von Außen den Anschein hat, weil wir gemütlich auf dem Sofa liegen und die Sonne auf unser Gesicht scheint. Kreisen unsere Gedanken ununterbrochen um unsere Ängste, sind wir auch auf dem gemütlichsten Sofa alles andere als entspannt.

Eine weitere Methode, um diese Ängste unmittelbar zu reduzieren, besteht darin, sie genau anzuschauen und Dir eine einzige Frage zu stellen:

Was ist das Schlimmste, was passieren kann?

Was passiert schlimmstenfalls, wenn ich in der Schwangerschaft doch zu viel zunehme? Ich fühle mich nach der Geburt vielleicht unwohl und habe das Gefühl, dass mich alle auf meinen Körper reduzieren. Aber ist wirklich in Stein gemeißelt, dass ich die zusätzlichen Kilos für immer behalten muss? Wenn ich sportlich aktiv werde, werde ich zu meiner alten Figur zurückfinden. Wenn ich das nach der Geburt überhaupt will.

Wie sieht der Worst Case aus, wenn durch mein Baby meine jetzige Karriere für beendet erklärt wird? Was bedeutet

Karriere überhaupt für mich? Wenn ich nicht mehr 60 Stunden die Woche arbeiten muss, kann ich mein Leben wieder mehr genießen und viel regelmäßiger Dinge tun, die mir Freude bereiten. Ich muss mich nicht ins Büro quälen, nur um vergebliche Anerkennung im Beruf zu erhalten.

Wie genau sieht der schlimmste Fall aus, den ich mir ausmalen kann, wenn eine Fehlgeburt eintritt? Ich wäre am Boden zerstört und würde Angst bekommen, dass es beim nächsten Mal wieder nicht klappt. Aber ich würde kein Kind bekommen, was vermutlich kaum alleine überlebensfähig gewesen wäre.

Was passiert im schlimmsten Fall, wenn ich keine gute Mutter bin, weil ich vielleicht ständig gestresst und überfordert bin? Im schlimmsten Fall wächst mein Kind mit negativen Glaubenssätzen auf, die sein Selbstwert schmälern. Das kann jedoch ebenso gut passieren, wenn ich in meinen Augen alles richtig mache.

All diese Worst-Case-Szenarios wünschen wir weder anderen noch uns selbst, weil sie im ersten Augenblick unglaublich überwältigend wirken. Aber sind diese Szenarien wirklich so katastrophal, dass unsere Sorgen und Ängste im Vorfeld wirklich begründet sind? Zum einen ist die Wahrscheinlichkeit, dass Sie überhaupt eintreten, in allen Fällen gering. Zum anderen sind es zwar definitiv Ereignisse, die wir uns nicht wünschen, die wir aber dennoch bewältigen können. Bei allem was passiert, lautet deswegen die entscheidende Frage, wie wir damit umgehen.

Selbst das schlimmste Worst-Case-Szenario ist kein Weltuntergang. Auch wenn wir davon ausgehen, dass es einer sein wird oder es sich vielleicht im ersten Moment so anfühlt. Deswegen ist es so wichtig, sich im Vorfeld intensiver mit den eigenen Sorgen und Ängsten auseinanderzusetzen. Dadurch kann es im besten Fall gelingen, zu erkennen, dass wir alles schaffen können. Ganz gleich, wie steinig der Weg werden wird. Mit dieser Erkenntnis lässt es sich schon viel befreiter und gelassener leben.

Dein persönlicher Worst-Case-Check

Um Deinen eigenen Sorgen und Ängsten den Wind aus den Segeln zu nehmen, habe ich Dir hier die Worst-Case-Methode mit ein paar detaillierten Fragen zusammengestellt. Beantworte diese Fragen unbedingt wieder schriftlich. Dadurch kannst Du Deine automatisch eintretenden Ängste schneller überwinden.

Worst-Case-Methode - angeleitete Fragen:

1. Vor was hast Du in Bezug auf Deine Schwangerschaft konkret Angst?
2. Was ist das Schlimmste, was passieren kann?
3. Würdest Du diesen Worst Case überleben?

4. Würdest Du diesen Worst Case bewältigen können?
5. Welche Deiner Fähigkeiten und Kompetenzen würden Dich darin unterstützen, dass Du diese Situation bewältigen kannst?
6. Wer könnte Dir dabei helfen, diesen Worst Case zu bewältigen?
7. Wie hoch ist die Wahrscheinlichkeit, dass dieser Worst Case wirklich eintritt?

Beim schriftlichen Beantworten dieser Fragen wirst Du vermutlich schnell feststellen, dass das Allerschlimmste, was passieren könnte, gar nicht so schlimm ist beziehungsweise, dass Du genügend Ressourcen an der Hand hast, um die Situation zu bewältigen. Vielleicht wirst Du sogar gestärkt aus ihr hervorgehen. Die Folge ist, dass Du Deiner Angst entspannter gegenübertrittst.

In diesem Sinne: Entdecke Deine wertvollen Ressourcen in Deinem ganz persönlichen Worst-Case!

BEWUSSTE ATMUNG ALS WAHRER GAME-CHANGER

Die Methode, die ich Dir in diesem Kapitel vorstellen möchte, wird nicht nur viel in Deiner Schwangerschaft verändern, sondern Dir auch unter der Geburt sehr viel helfen können. Sie kostet nichts und Du kannst sie immer und überall anwenden, ohne dass irgendjemand etwas merkt. Du hast sie immer bei Dir und das Einzige, was Du tun musst, ist, sie bewusst einzusetzen. Die Rede ist von Deiner Atmung.

Bevor Du jetzt denkst "Was für ein Quatsch" und geneigt bist, diese Methode direkt zu überspringen, würde ich Dich bitten, gerade deswegen dieses Kapitel bis zum Schluss zu lesen. Dann erfährst Du, wieso Deine Atmung so wundervoll ist und so viel bewirken kann. Ich würde nämlich meine Hand dafür ins Feuer legen, dass Du nach diesem Kapitel ein genauso großer Fan Deiner Atmung bist, wie ich von meiner.

So einfach, so machtvoll, so unterschätzt

Bewusste und gezielte Atmung ist ein ziemlich wirkungsvolles, aber leider sehr oft unterschätztes Tool, wenn es darum geht, Deine Sorgen und Ängste, aber auch Deinen allgemeinen Stress beinahe auf Knopfdruck zu reduzieren.

Ich persönlich bin ein Riesenfan von einfachen Methoden. Übungen, die leicht zu erlernen sind, für die ich keine Hilfsmittel brauche, die ich überall nutzen kann und die mir sofort helfen. Das Problem bei solch einfachen Methoden ist ganz oft, dass sie komplett unterschätzt werden.

Wie kann also etwas so Einfaches wie Deine Atmung so machtvoll sein oder direkt Veränderungen in Dir hervorrufen? Die tatsächliche Erkenntnis, dass dies so ist, wird so lange ein Fragezeichen für Dich bleiben, bis Du sie am eigenen Körper gespürt hast. Vielleicht bist Du, wie ich, ein Mensch, der immer gerne wissen möchte, wie etwas funktioniert beziehungsweise warum das so ist. Deshalb wirst Du nachher noch genauer erfahren, was eine gezielte Atmung in Deinem Körper auslöst und was Dein Nervensystem damit zu tun hat.

Unter Stress verändert sich Deine Atmung automatisch. Sie wird flacher und schneller. Das Ganze ist eine Art Reflex und wird von Deinem Gehirn automatisch gesteuert, sobald der Stress eintritt. Wenn Du nämlich schneller und flacher atmest, kann Dein Körper den Sauerstoff vermehrt und schneller aufnehmen. Es handelt sich um den nötigen Treibstoff, damit Dein Körper in Millisekunden Dein Leben retten kann, indem Du flüchtest oder kämpfst. Das ist natürlich heutzutage eine total übertriebene Reaktion, weil Dein Leben in den allermeisten Stresssituationen nicht mehr in Gefahr ist. Da das aber Dein Gehirn noch nicht verstanden hat, reagierst Du beziehungsweise reagieren wir alle eben intuitiv noch genauso wie damals in der Steinzeit. Dieses Muster, oft eher hinderlich als förderlich, kannst Du bewusst unterbrechen, indem Du Deinen Atem dafür einsetzt. Wenn Du nämlich in stressigen Situationen bewusst tiefer und länger einatmest, schickst Du dadurch neue Signale an Dein Gehirn. Es gelingt Dir auf diese Weise, Dich in Deiner Stressreaktion selbst zu unterbrechen und das bedeutet, dass Du wieder Ruhe in Dein Nervensystem bringst.

So arbeitet Dein Nervensystem bei Stress, Sorgen und Ängsten

Dein Nervensystem ist genau wie Dein Gehirn äußerst komplex. Es reicht aber schon ein Grundverständnis dieser Prozesse, um Dich in Deinen Körper zu verlieben und zu verstehen, wieso Atmung so ein wirkungsvoller Game Changer ist. Dein Nervensystem beinhaltet alle Nervenzellen, die Du hast. Dein Nervensystem verbindet Deinen Körper mit Deinem Gehirn. Dein Nervensystem nimmt über Deine Sinne Reize wahr, sowohl im Außen als auch was in Deinem Körperinneren geschieht. Es sendet nun blitzartig elektrische und chemische Signale über sämtliche Zellen über das Rückenmark an Dein Gehirn. Das kann nun all diese Reize verarbeiten. Wenn Dein Gehirn mit der Verarbeitung fertig ist, was blitzschnell passiert, schickt es Befehle durch Dein Nervensystem an Deinen Körper zurück. Dieser handelt daraufhin.

Wenn Du zum Beispiel auf eine heiße Herdplatte fasst, nimmt Dein Körper den Reiz über das Nervensystem wahr, schickt blitzschnell Informationen an Dein Gehirn, welches Dich dazu veranlasst, Deine Hand reflexartig von der Platte zu ziehen – ganz ohne Dein Zutun.

Das Ganze passiert natürlich nicht nur, wenn Du Dich verletzt. Auch wenn Du Streit mit Deinem Partner oder Deiner Partnerin hast, Dir Sorgen um Dein Baby machst oder vor etwas Angst hast, ist Dein Gehirn für Dich da. Es veranlasst Deinen Körper dazu, sich zu verändern und zum Beispiel Deine Muskeln stärker zu durchbluten, Deine Atmung schneller werden zu lassen, Deine Verdauung zu verlangsamen oder Deinen Speichelfluss zu reduzieren. Keines dieser Dinge würde nämlich bei Gefahr Dein Leben retten. Wie schlau Dein Körper einfach ist, oder? Nicht nur, dass er von alleine Dein Baby in Dir heranwachsen lässt, ohne dass Du etwas dafür tun musst, er schützt Dich ununterbrochen, ohne dass Du etwas davon mitbekommst. Mit diesem Wissen kann man dann doch die Tatsache liebevoller hinnehmen, dass Dein Gehirn noch nicht verstanden hat, dass es bei Stress eigentlich total übertreibt. So kann man es viel gelassener darin unterstützen, weniger starke Reaktionen zu zeigen.

Das Zusammenspiel von Sympathikus und Parasympathikus

Eine dieser Möglichkeiten ist wie gesagt eine bewusste und gezielte Atmung. In stressigen Momenten kann sie ganz gezielt Einfluss auf die Prozesse innerhalb Deines Nervensystems nehmen. Schauen wir uns dafür zwei Teile des vegetativen Nervensystems an: den Sympathikus und den Parasympathikus.

Der Sympathikus ist für die fight, flight or freeze Aktivierung zuständig, also für den Kampf- oder Fluchtmodus. Er versetzt unseren Körper bei tatsächlicher oder gefühlter Gefahr reflexartig in Leistungsbereitschaft. Meiner Meinung nach ist an dieser Stelle für das Verständnis vor allem wichtig, dass Dein Körper in Alarm- oder Leistungsbereitschaft wechselt. Selbst wenn Du nur das Gefühl hast, irgendetwas stimmt nicht. Deswegen kommt es über den einzelnen Tag mehrmals vor, dass sich Dein Stresslevel erhöht. Einfach und allein, weil Du an Dinge denkst, die Dir Angst machen, die Dich bedrücken oder die Dich einfach grübeln lassen. In all diesen Fällen reagiert Dein Körper und schaltet in den Überlebensmodus. Er produziert dadurch die Stresshormone Adrenalin, Noradrenalin und Kortisol.

Der Sympathikus sorgt also für die nötige Anspannung in Deinem Körper, damit sich die Wahrscheinlichkeit erhöht, dass Du durch Dein eigenes Zutun überleben kannst. Der Parasympathikus hingegen dient Dir, um Dein komplettes System nach einer stressigen Situation wieder runterzufahren und für Erholung zu sorgen. Im günstigsten Falle wechseln sich beide miteinander ab. Die Realität sieht häufig anders aus. Wir gönnen uns kaum die nötige Zeit für wirkliche Erholung und sind uns selten bewusst, wie gestresst wir eigentlich wirklich sind.

Wenn Stress, so wie er evolutionsmäßig angedacht ist, kurzfristig anhält, ist er extrem hilfreich. Ist der Stress jedoch zum Beispiel durch unsere Sorgen und Ängste dauerhaft Akteur, bleibt natürlich auch unsere Stressreaktion und damit der Sympathikus daueraktiv. Als Folge haben wir länger als gewünscht die Stresshormone in uns, was gesundheitliche Folgen nach sich ziehen kann.

Um all dem zu entgehen, lohnt es sich, bewusst auf den eigenen Atem zu achten, weil Du damit automatisch Deinen Parasympathikus aktivierst. Dadurch unterstützt Du das gewünschte Wechselspiel und regulierst gleichzeitig Dein Stresslevel in der jeweiligen Situation.

Atemtechniken während Deiner Schwangerschaft und der Geburt

Um Deinem Körper zu suggerieren, dass die stressige Situation kein wirklicher Überlebenskampf und Deine Reaktion darauf ein bisschen übertrieben ist, kannst Du auf verschiedene Atemtechniken zurückgreifen. Probier hier gerne wieder aus, was sich für Dich am besten anfühlt.

Um einen ersten Überblick zu bekommen, bekommst Du zwei Varianten an die Hand. Eine, die Dich in Deiner Schwangerschaft gut unterstützen wird und eine, die Dir unter der Geburt helfen kann. Bitte vergiss nicht: Auch hier ist die Anwendung wieder der Schlüssel zur tatsächlichen Veränderung.

1. Variante für die Schwangerschaft: 4 zu 6 Atemübung

- Atme vier Sekunden durch die Nase ein und sechs Sekunden durch den Mund aus.
- Falls es am Anfang zu anstrengend oder zu leicht ist auf vier und sechs ein- und auszuatmen, variiere die Länge. Wichtig ist nur, dass die Ausatmung länger als die Einatmung ist.
- Versuche diese Art der Atmung mindestens 5-10 Mal zu wiederholen.
- Durch die verlängerte Ausatmung aktivierst Du automatisch Deinen Parasympathikus, der für Deine Entspannung zuständig ist. Dadurch vertieft sich Deine Atmung mit der Zeit von selbst und zieht alle weiteren wichtigen Vorgänge im Körper nach sich, die zu Deiner Regeneration beitragen. Dazu gehören ein verlangsamter Puls und Herzschlag.

2. Variante für die Geburt: Tiefe Bauchatmung

- Versuche so lange wie möglich durch die Nase in Deinen Bauch einzuatmen und normal durch den Mund auszuatmen.
- Strecke Deinen Bauch dabei so weit wie möglich nach vorne. Dadurch bewirkst Du, dass sich Dein Zwerchfell senkt, was zur Folge hat, dass sich der Kopf Deines Babys gegen Deinen Muttermund drückt. Somit entsteht automatisch ein wohltuender Gegendruck und Du nimmst die Welle schmerzfreier wahr.
- Da Du am Anfang vielleicht nur ca. 8-10 Sekunden schaffst, ist es ratsam, diese Übung schon ein paar Wochen vor dem errechneten Geburtstermin zu üben. Mit täglicher Übung kann es Dir relativ schnell gelingen, Dein Lungenvolumen

zu steigern und Du kannst an die 30 Sekunden beim Einatmen schaffen.

In diesem Sinne: Atme ein und aus und verlangsame Stressreaktionen künftig im Nu!

LAST BUT NOT LEAST: DIE ORIGINAL KUGELZEIT COACHING METHODE

In all meinen Coachings wird immer wieder eines deutlich: Wir alle haben genug innere Ressourcen, um unseren Stress, unsere Sorgen und Ängste eigenständig unter Kontrolle zu bringen. Oft ist es gerade am Anfang nur so, dass wir nicht wissen, wie genau wir das schaffen können. Und weil wir Angst vor dem Scheitern haben, fangen wir erst gar nicht an. Als Folge bleibt alles so, wie es gerade ist. Deswegen kannst Du so stolz auf Dich sein, zu diesem Buch gegriffen zu haben, um diese Sätze zu lesen. Es bedeutet für Dich, dass Du schon jetzt in Dich selbst investierst und weitere Methoden entdeckst, die Dir helfen werden, Deine Sorgen und Ängste tatsächlich und erfolgreich zu minimieren.

Mit diesem Buch, dem Kugelzeit Coaching Podcast und natürlich meinen Coachings möchte ich Dir Deinen Weg zu einer glücklichen und gelassenen Schwangerschaft ebnen.

Die schönste Wartezeit der Welt

Dein Weg zu Deiner glücklichen und gelassenen Schwangerschaft ist ein Weg voller Höhen und Tiefen. Ich selbst kenne ihn sehr gut, da ich ihn bei meiner ersten Schwangerschaft gegangen bin. Gerade am Anfang meiner eigenen Reise in die Mama-Rolle gab es sogar mehr Tiefen als Höhen. Aber dank meiner Arbeit als Mindset-Coach im Leistungssportbereich konnte ich mir bekannte Methoden und psychologische Tools auf meine Situation adaptieren. Das brachte mir relativ schnell die schönste Wartezeit der Welt ein. Und das, obwohl ich niemanden hatte, der mir zeigen konnte, wie ich das hinkriegen sollte.

Dadurch war mein Weg etwas steiniger als es Deiner sein muss. Ich bin damals in einige Sackgassen geraten und musste mühevoll umkehren. Das lag auch daran, dass ich – mit falschem Gepäck ausgestattet – zu schnell zu viele Höhenmeter erklimmen wollte. Aber ich habe es geschafft, aus meinem Gefühlschaos zu lernen und letztendlich daraus auszubrechen. Durch Selbstreflexion, Ehrlichkeit mir selbst gegenüber und den richtigen Methoden an der Hand, ist es mir nicht nur gelungen, meine innere, auf dem Kopf stehende Welt wieder zu drehen, sondern ich habe neue Fähigkeiten aus dieser Situation heraus entwickelt. Fähigkeiten, die es mir ermöglicht haben, Lösungen zu finden, die auch anderen Schwangeren helfen, viel schneller eine glückliche, gelassene und sorgenfreie Schwangerschaft erleben zu können.

Warum die Verantwortung ganz klar bei Dir liegt

Damit Du einen einfacheren Weg nehmen kannst als ich, möchte ich Dir gerne eine Landkarte mit verschiedenen Wanderwegen an die Hand geben. Ich möchte Dir Abkürzungen zeigen, die Dich schneller an Dein Ziel bringen. Allerdings ist es an dieser Stelle erneut wichtig zu verstehen, dass Dich die Landkarte alleine nicht dazu bringt, Dein Ziel zu erreichen. Das Wissen über die Wanderwege ist hilfreich. Wenn Du aber selbst nicht losgehst und Dein neues Wissen anwendest, bleibt auch die genaueste Landkarte nur ein Blatt Papier.

Obwohl jeder sein eigenes Päckchen zu tragen hat, geht es uns allen sehr ähnlich. Die Päckchen sind mit – wenn auch unterschiedlich vielen – negativen Gedanken aus Sorgen, Ängsten und Stress bepackt. Versender all dieser Päckchens ist immer Dein zwei Millionen Jahre altes Gehirn. Das sieht es nach wie vor als seine Aufgabe an, sich auf all das zu fokussieren, was Dir im Weg steht, was Dir potenziell weh tun könnte oder wovor Du Dich lieber in Acht nehmen solltest. Dein Gehirn ist nicht dazu da, Dich glücklich zu machen. Es ist dazu da, um Dich zu retten. Diese Aufgabe nimmt es sehr ernst, sehr oft leider viel zu ernst. Wenn Du das einmal verstanden hast, kannst Du leichter die Verantwortung für Deine glückliche und gelassene Schwangerschaft übernehmen.

Schlussendlich ist es wie beim Fliegen. Ein guter Freund von mir ist Pilot und ich liebe es, wenn er mir von seiner Fliegerei berichtet. Aus diesem Bereich lassen sich unglaublich viele gute Vergleiche zum Leben ziehen. Beim Fliegen ist es beispielsweise so, dass Piloten einer Route folgen, um von A nach B zu kommen. Allerdings befindet sich das Flugzeug während des kompletten Fluges nur ca. 20 % der Zeit auf genau dieser angepeilten Route. Die restlichen 80 % müssen die Piloten immer wieder die Position des Flugzeugs den tagesaktuellen Gegebenheiten anpassen. Für mich als Laie klingt das erst einmal sehr stressig. Wenn ich mir nämlich einen Plan mache, möchte ich eigentlich, dass er genauso funktioniert, wie ich ihn mir ausgemalt habe. Selbstverständlich komplett ohne Komplikationen und Planänderungen. Für Piloten allerdings ist das ständige Gegensteuern alles andere als stressig. Für sie gehört es zum Alltag, um sich und die Passagiere sicher ans Ziel zu bringen. Sie haben keine andere Wahl und müssen die Verantwortung dafür übernehmen. Diese Erkenntnis kannst Du für Dich und Dein Denken übernehmen, denn das Gegensteuern, Manövrieren und flexible Reagieren gehören eben zum Leben dazu. Wenn Du, zusammen mit Deinem Baby an Bord – heile und sicher Deine Ziele erreichen möchtest, musst Du sie ganz bewusst und achtsam ansteuern, dabei die Augen offen halten und in den jeweiligen Momenten entsprechende Entscheidungen treffen. Sobald Du jedoch Übung bekommst, wird es sich die meiste Zeit einfach nur schön anfühlen – eben wie beim Fliegen. Am schönsten sind dann übrigens die Momente, in denen man am jeweiligen Ziel ankommt und merkt, wie viel man unterwegs aus eigener Kraft souverän gemeistert hat.

Das sind genau die 80 %, die dafür sorgen, dass die Reise letztendlich gelingt.

Strukturiert in nur 4 Schritten Deine Sorgen und Ängste entlarven

Dasselbe gilt für Deine Kugelzeit und Deinen neuen Lebensabschnitt als Mama. Es geht nicht darum, nie wieder gestresst oder komplett angstfrei zu sein. Es geht vielmehr darum, direkt gegenzusteuern und Deinem Gehirn nicht das Steuer zu überlassen. Der bessere Weg besteht darin, Dir selber viele Päckchen zu schicken, die einzig und alleine mit positiven Gedanken befüllt sind. Übernimm die Verantwortung für Deine Gedanken und ersetze die negativen durch positive und konstruktive. Wie Du das genau machen kannst, erklärt Dir meine Kugelzeit Coaching Methode.

Mit der Zeit habe ich durch meine Erfahrung als Mindset-Coach eine Methode entwickelt, die es Dir ermöglicht Deine Sorgen und Ängste in vier Schritten strukturiert zu hinterfragen. Das klappt alleine und ohne große Übung:

- Negative Gedanken kreuzen evolutionsbedingt öfter Deinen Weg als positive. Um diese negativen Gedanken zu entlarven, schreibst Du sie als Erstes einfach auf. Je konkreter Du wirst, desto einfacher fällt die Überprüfung aus.
- Nachdem Du Deine negativen Gedanken zu Papier ge-

bracht hast, hinterfragst Du sie auf ihre Richtigkeit, indem Du überprüfst, ob es sich bei ihnen um echte Fakten oder doch nur um Hypothesen handelt. Kleiner Spoiler-Alert: Du wirst mit der Zeit feststellen, dass es zu 99 % Hypothesen sind!
- Nachdem Du festgestellt hast, dass Deine negativen Gedanken Hypothesen sind, fragst Du Dich, wie es Dir ohne diese Gedanken gehen würde. Frage Dich wirklich bewusst, wie es Dir emotional gehen würde, wenn Du diese Gedanken nicht hättest. Oft erkennen wir dadurch, dass es uns ohne die gedankliche Schwarzmalerei gut gehen würde. Wir wären weniger angespannt und würden das Leben mehr genießen. Nur weil wir diesen negativen Gedanken nicht hätten! Mehr ist es nicht. Im Außen hat sich nichts verändert, aber Dein Mindset hat sich geshiftet und Du nimmst die Welt plötzlich freundlicher wahr. Der Punkt ist nämlich der: Wir sehen die Welt oft schlechter als sie tatsächlich ist. Das heißt, die Geschichten, die wir uns erzählen, sind oftmals schlimmer als die Realität. Um diesen Fakt zu ändern, lohnt es sich, gegenzusteuern und die Erzählungen nicht für bare Münze zu nehmen. Immer und immer wieder.
- Gegensteuern kannst Du zum Beispiel, indem Du Dich in einem letzten Schritt fragst, welche Gegenargumente es gibt, die Deine negativen Gedanken neutralisieren können.

Dann erkennst Du, dass die Realität eigentlich viel netter ist als Du sie Dir ausmalst.

In diesem Sinne: Viel Spaß beim Realitätscheck!

Mein automatisch eintretender negativer Gedanke	Fakt oder Hypothese?	Wie würde es mir ohne diesen Gedanken gehen?	Welche Gegenargumente können den negativen Gedanken neutralisieren?
Was ist, wenn ich mein Baby wieder verliere?	*Hypothese*	*Ich wäre gelassener und würde die Schwangerschaft viel mehr genießen.*	*Ich spüre mein Baby; es gibt keine Anzeichen dafür, dass irgendwas nicht stimmt; meine Frauenärztin sagt mir immer wieder, dass alles gut ist*

Mein automatisch eintretender negativer Gedanke	Fakt oder Hypothese?	Wie würde es mir ohne diesen Gedanken gehen?	Welche Gegenargumente können den negativen Gedanken neutralisieren?

FAZIT: SO GELINGT EINE DAUERHAFT POSITIVE EINSTELLUNG

All die hier genannten Methoden haben das Ziel, dass Du Dich über Deine Gedanken stellst, Dich auf die Metaebene begibst und von dort über Dein Mindset nachdenkst. Nur so wird es gelingen, Deine eigenen Denk- und Handlungsmuster in Bezug auf Stress, Sorgen und Ängste zu erkennen, aufzulösen und in Zukunft neue Muster aufzubauen.

Durch die Metaebene erschaffst Du eine Distanz zu Deinen Gedanken und Emotionen und kannst eine Begebenheit durch den Perspektivwechsel ganz anders analysieren, hinterfragen und anschließend für Dich umdeuten. Genau dieses Umdeuten oder Reframen aus der Distanz heraus hilft Dir, Deinen Sorgen und Ängsten nicht mehr die Bühne zu überlassen, die sie gerne hätten. Die meisten Sorgen und Ängste sind zu großen Teilen unbegründet und treten sowieso nicht ein. Diese auf den ersten Blick banale Erkenntnis wirst Du erst dann wirklich verinnerlichen, wenn Du positive Denkmuster neu etabliert hast. Dafür musst Du das psychologische Wissen und die genannten Methoden täglich anwenden. Nur dann wird es Dir gelingen, in Stresssituationen und unsicheren Momenten gelassen auf Dein neues Handlungsrepertoire zurückzugreifen. Damit bleibst Du ganz bei Dir und im bewussten Handeln.

Durch die Metaebene schaffst Du es ebenfalls, zu überprüfen, ob Deine negativen Gedanken tatsächlich Fakten darstellen oder ob es sich bei ihnen nicht doch eher – und das ist zu 99 % der Fall – um reine Hypothesen handelt, die Deiner blühenden Phantasie entsprungen sind.

Außerdem wirst Du erarbeiten und ergründen, warum Du gestresst bist und zu viel grübelst. Wenn Du Dich also auf die Metaebene begibst, wirst Du viel über Dich lernen. Egal ob in Bezug auf Deine Gedanken, Deine Gefühle oder Dein Verhalten.

Letztendlich sind nur zwei Dinge wichtig, um Deinem Ziel einer glücklichen und gelassenen Schwangerschaft näher zu kommen: ein großer Blumenstrauß an Methoden, damit Du Dir die für Dich passenden aussuchen kannst und genügend Übung, damit sich Dein Gehirn wirklich auf Dauer umstrukturiert. Weitere Methoden erhältst Du in meinen Coachings.

Hat sich Dein Denken verändert, wirst Du etwas Tolles bemerken: Du wirst nicht mehr alles glauben, was Du denkst und kannst Dich dadurch jeden Tag bewusst für konstruktivere und schönere Gedanken entscheiden, die Deine Kugelzeit zur schönsten Wartezeit der Welt machen!

Practice what you preach – Wie ich täglich an meinem Mindset arbeite

WIE ICH DIE ANGST VOR EINER FEHLGEBURT ALS HYPOTHESE ENTLARVTE

Der Kontext, in dem wir uns befinden, beziehungsweise das, was um uns herum passiert, hat immer einen Einfluss auf unsere Interpretationen. Ganz egal, ob bewusst oder unbewusst. Meistens ist uns dieser Einfluss auf unsere Gedanken, Gefühle und unser Verhalten leider nicht bewusst und kommt erst ans Tageslicht, wenn wir uns in unserem Verhalten reflektieren.

In meinem Freundeskreis sind zeitgleich mit mir einige Freundinnen schwanger. Da wir alle von Anfang an offen mit dem Thema umgegangen sind, bekomme ich natürlich mit, wenn etwas nicht so läuft oder sogar Unvorhergesehenes eintritt. So bekam ich unmittelbar mit, wie eine sehr gute Freundin, die tatsächlich nur eine Woche nach mir schwanger geworden ist, in der 6. Woche eine Fehlgeburt erleiden musste. Ein Thema, das in der breiten Öffentlichkeit leider noch ein Tabuthema zu sein scheint und über das kaum jemand spricht. Da wir aber gemeinsam darauf hingefiebert hatten, schwanger zu werden, und uns natürlich auch direkt schrieben, als wir jeweils den positiven Schwangerschaftstest in Händen hielten, hatte sie mir auch direkt die Fehlgeburt ihres Babys anvertraut. Wir redeten ganz offen darüber und ich konnte für sie da sein.

Die Wochen danach nahm mich mein Alltag Schritt für Schritt wieder in seinen Griff. Ich drängte die Gedanken und Gefühle zur Seite, die mich zur Fehlgeburt des Babys sehr stark eingenommen hatten.

Fünf Wochen später hatte ich einen regulären Frauenarzttermin und fühlte mich schon ein paar Tage vorher innerlich unruhig, ohne einen für mich klaren Grund zu erkennen.

Als ich dann in die Praxis kam, sollte ich vor der Urinprobe und der Blutabnahme erst einmal auf die Waage. Das Ergebnis: Ich hatte in den letzten Wochen nur 200 Gramm zugenommen, was mir die Arzthelferin erstaunt mitteilte.

Als ich anschließend alleine im Wartezimmer saß, war mein Stresslevel relativ hoch. Sobald ich so etwas merke, gehe ich direkt auf die Metaebene, um darüber nachzudenken, wie mein Gedankenstrom in der Situation gerade aussieht. Mir wurde relativ schnell klar, dass ich Angst davor hatte, dass auch mit meinem Baby etwas nicht stimmen könnte. Dass es vielleicht in den vergangenen Wochen zu einem Abbruch gekommen war, den ich nicht gemerkt hatte. Dass auch ich mein ungeborenes Kind verloren hatte. Die geringe Gewichtszunahme bestätigte im ersten Moment meine Sorge. Durch bewusstes und tiefes Einatmen konnte ich den negativen Gedanken-Teufelskreis stoppen und mich fragen, ob meine Sorge ein Fakt oder eine Hypothese war. Zu dem Zeitpunkt war es ganz klar eine Hypothese. Das beruhigte mich direkt. Wenn ich eins in den letzten Jahren ständiger Selbstreflexion gelernt habe, dann, dass die Hypothesen, die ich aufstelle, zu 99 % nicht eintreten.

Durch die Erkenntnis, dass es sich um eine Hypothese handelte, bekam ich auf der Stelle einen klaren Kopf und fragte mich, welche Fakten gegen eine Fehlgeburt sprechen. Erstens: Die letzten Wochen war mir ununterbrochen schlecht gewesen, was ein sehr gutes Zeichen ist. Zweitens: Auch die geringe Gewichtszunahme ließ sich erklären. Bei der ersten Untersuchung stand ich mit schweren Winterschuhen und einem dicken Pulli auf der Waage. Bei der zweiten Untersuchung waren draußen keine Minusgrade mehr und ich hatte lediglich leichte Sneaker und ein T-Shirt an. Natürlich fällt dann die Gewichtszunahme spärlicher aus.

Nachdem ich mich zunächst etwas beruhigt hatte, kamen die Zweifel im Wartezimmer erneut in mir hoch, denn auch wenn meine Hypothesen zu 99 % nicht eintreten, bleibt da natürlich die 1 %-Option. Es könnte eben doch etwas dran sein. Meine kleine innere Stimme schnappte sich also diese 1 % und sagte: "Aber was, wenn doch?" Als ich das hörte, nahm ich es einfach wahr und sagte mir dann: "Ich warte jetzt erst einmal ab. In den nächsten 15 Minuten werde ich schlauer sein und bis dahin bringt es mir gar nichts, wenn ich vom Schlimmsten ausgehe."

In diesem Fall hatte ich Glück, denn oft sind es nicht nur 15 Minuten, die wir (unnötig) im Stress hängen bleiben, sondern gerne auch mal 15 Stunden, Tage oder gar Monate. Diesen unschönen Zustand können wir nur dann vorzeitig durchbrechen, wenn wir verstehen, was gedanklich bei uns los ist.

Obwohl ich die Auflösung also noch nicht kannte, konnte ich durch bewusstes Atmen mein Stresslevel schnell senken, um dann mit einem klaren Kopf direkt in die Selbstreflexion einzusteigen. Es gelang mir noch im Wartezimmer, die Gründe für meine innere Unruhe zu identifizieren. Es war die Angst, eine Fehlgeburt zu erleiden. Meinen negativen Gedankenkreis konnte ich jedoch durch den Faktencheck durchbrechen. Dadurch gelang es mir, die restliche Wartezeit innerlich relativ ruhig zu bleiben, obwohl ich noch nicht sicher wusste, wie sich die Situation auflösen würde. Im Untersuchungszimmer kam dann schließlich die erhoffte Entwarnung: Alles war in bester Ordnung.

Durch diese Erfahrung merkte ich einmal mehr, dass ich nicht direkt alles glauben sollte, was ich denke. Viele negative Gedanken, die wir uns machen, sind zum Glück einfach nur Hypothesen und keine Fakten.

Diese Erkenntnis gibt auch Dir hoffentlich Mut und Zuversicht an die Hand in Situationen, in denen Deine Gedanken Dir Angst machen wollen. Sei Dir sicher, dass sie zu 99 % unnötig ist.

WIE ICH OHNE PARTNER MEINE TOCHTER ZUR WELT BRACHTE

Das folgende Kapitel soll Dir Halt geben, wenn Situationen auf Dich zukommen, in denen Reize von außen plus Deine Sorgen und Ängste von innen Deine Sicherheit bedrohen. Wenn Du das Gefühl hast, dass alles aus dem Ruder zu laufen scheint. Es soll Dir zeigen, wie Dein Mindset-Training und das Wissen über Dich selbst unglaublich stark machen können, sodass Du selbst herausforderndste Situationen mit enormem Selbstvertrauen meistern kannst. Wie zum Beispiel die Geburt Deines (ersten) Kindes.

Dafür möchte ich Dir die persönliche Geschichte über die Geburt meiner ersten Tochter erzählen. Sie kam im März 2020 zur Welt, also mitten im 1. Lockdown. Und ich musste sie ohne meinen Partner zur Welt bringen.

Ich möchte Dir anhand meines Geburtsberichts zeigen, wie mächtig Dein Mindset sein kann. Du wirst im Bericht sehr gut erkennen können, dass es mir anfangs unglaublich schwerfiel, mich auf eine Geburt ohne meinen Partner einzulassen. Du erkennst im Bericht aber auch, ab wann und vor allem warum ich es dann doch geschafft habe, mich auf die neue Situation einzulassen, und wieso die Geburt trotzdem sehr schön wurde.

Der Geburtsbericht soll Dich animieren, Dich wirklich mental auf die Geburt vorzubereiten. Dazu gehört es, dass Du Dich bereits während Deiner Schwangerschaft mit Deinen Sorgen und Ängsten auseinandersetzt.

Kopf gegen Körper: Warum ich mich gegen die Geburt gewehrt habe

Die Geburt meiner Tochter lässt sich in zwei Phasen einteilen. Phase 1 nenne ich „Die Vorgeschichte" und damit meine ich die Tage, nachdem ich einen vorzeitigen Blasensprung hatte und knapp eine Woche im Krankenhaus lag, bis die Geburt wirklich losging. Bei Phase 2 handelt es sich um die tatsächliche Geburt.

Rückblickend kann ich diese beiden Teile sehr gut voneinander trennen und weiß auch, warum diese beiden Phasen komplett unterschiedlich abgelaufen sind. Der Grund lag in meinem eigenen Mindset. In Phase 1 war ich vollkommen überfordert mit der neuen und unerwarteten Situation. Bis zu dem Zeitpunkt, als wir ins Krankenhaus fuhren, war von einem „Lockdown“ und dem „alleine gebären“ nie die Rede gewesen. Ich stand von jetzt auf gleich völlig alleine da, denn mein Partner bekam in der ersten Nacht Fieber. Er musste das Krankenhaus sofort verlassen.

Danach habe ich mental eine ganze Woche gebraucht, um loszulassen und die neue Situation anzunehmen. Ich musste akzeptieren, dass mein Partner bei der Geburt nicht dabei sein würde. Eine ganze Woche sagte mein Kopf meinem Körper zwar unbewusst, dennoch klar und deutlich: „Unter diesen Umständen bringe ich meine Tochter nicht auf die Welt!“. Mein Kopf blieb auch dann noch dabei, als bereits vier Tage versucht worden war, die Geburt einzuleiten.

Als ich es dann endlich geschafft hatte, mich auf die neue Situation einzulassen und sie zu akzeptieren, ging die Geburt fast von alleine los und wurde wirklich wunderschön. Dieses Ereignis hat mir wieder einmal klar vor Augen geführt, wie mächtig unser Mindset ist. Wie massiv unsere eigenen Bewertungen den Ablauf beeinflussen.
Aber der Reihe nach:

Phase 1: Die Vorgeschichte

Am frühen Montagnachmittag, den 16.03.2020 hatte ich einen Blasensprung. Da eine Freundin von mir vier Tage zuvor in meiner Anwesenheit ihren Blasensprung gehabt hatte und dabei total tiefenentspannt geblieben war, blieb auch ich zunächst total relaxed und freute mich unendlich, dass es nun endlich so weit war.

Da ich mich die Monate zuvor bereits mental auf die Geburt vorbereitet hatte, war für mich klar: „Ich lege mich aufs Sofa, entspanne mich und achte auf einen tiefen Atem."

Nachdem ein paar Stunden nichts passierte, gab ich meiner Hebamme Bescheid. Sie riet mir daraufhin, im Krankenhaus anzurufen. Es könne sein, dass man mich dort untersuchen wollte. Eigentlich passte mir diese Vorstellung nicht, weil ich lieber in Ruhe abwarten wollte, bis sich die Wellen soweit eingestellt hatten. So stellte ich mir den perfekten Zeitpunkt für die Abreise ins Krankenhaus vor. Doch da von Wellen weit und breit nichts zu spüren war und ich zunehmend unsicher wurde, ob ich meinem Baby mit meinem Verhalten nicht doch schade, rief ich im Krankenhaus an. Mir wurde gesagt, dass man bei Blasensprüngen aus Sicherheitsgründen alle acht Stunden ein Antibiotikum geben müsse, um mögliche Keime vom Baby fernzuhalten. Damit war für uns klar: ab ins Krankenhaus, ohne Wellen und ohne Zeitdruck.

Ich habe das unpassende Wort "Wehe" aufgrund der negativen Wortbedeutung „wehtun" relativ schnell durch das Wort "Welle" ersetzt und es dadurch für mich neu geframt. Die Kontraktionen kommen nämlich tatsächlich wellenförmig. Das heißt, sie bauen sich langsam auf, erreichen einen Höhepunkt und ebben anschließend langsam ab. Der Gedanke an Wellen erzeugt bei mir ein Gefühl von Freiheit und Urlaubsstimmung. Diese Vorstellung hat bei mir eher Neugier geweckt, als dass sie mir Angst gemacht hat.

Mehr zum Thema Framing bei Stangl, W. (2021). Stichwort: ‚Framing-Effekt – Online Lexikon für Psychologie und Pädagogik'. Online Lexikon für Psychologie und Pädagogik.

Womit ich vor der Geburt nie im Leben gerechnet hätte

Meine beiden großen Sorgen im Vorfeld waren, ob ich es wirklich rechtzeitig ins Krankenhaus schaffen würde und wie es wohl sein würde, im Auto Wellen zu haben. Was mich bei der Vorstellung wirklich sehr gestresst hat, war die Parkplatzsituation. Für den Kreißsaal gibt es nämlich nur zwei Parkplätze und im Umfeld des Krankenhauses kaum Ausweichmöglichkeiten. Da ich aber zu dem Zeitpunkt noch gar keine Wellen hatte, dachte ich noch: "Wow, das fängt ja wirklich alles super entspannt an!"

Auf Station bekamen wir direkt ein Zweibettzimmer, was eine richtige Seltenheit ist. Wir waren guter Dinge und da es schon spät am Abend war, gingen wir direkt schlafen.

In der Nacht bekam mein Partner Hendrik dann Fieber. Zum denkbar ungünstigsten Zeitpunkt!

Bei der morgendlichen Visite wurde diskutiert, ob er bleiben darf oder gehen muss. Als klar war, dass er gehen sowie einen Coronatest machen muss, brach meine Welt komplett in sich zusammen. Ich hatte mit allem gerechnet, aber nicht damit meine erste Tochter ohne ihn zur Welt zu bringen. Darüber hinaus wusste ich überhaupt nicht, was die nächsten Stunden auf mich zukommen würde. Hinzu kam, dass ich mich mit Hypnobirthing auf die Geburt vorbereitet hatte. Das ist eine Methode, die mir in meiner Schwangerschaft sehr viel Mut gemacht hat und die es mir ermöglichte, mich tatsächlich unglaublich auf die Geburt zu freuen. Sie hatte mir geholfen, angstfrei in die Geburt zu gehen – allerdings nur mit Hendrik an meiner Seite.

Bei der Methode des Hypnobirthing ist der Partner nämlich unglaublich wichtig. Er ist im gesamten Prozess für die komplette Kommunikation mit den Hebammen und Ärzten verantwortlich, damit sich die Gebärende ganz auf ihren Körper konzentrieren und ihren Verstand abschalten kann. Als also klar war, dass Hendrik gehen muss, brach bei mir die pure Panik aus. Mir wurde schlagartig bewusst, dass meine monatelange mentale Vorbereitung umsonst gewesen war.

Zwar geht es bei Hypnobirthing auch darum, dass man nie weiß, was unter der Geburt passieren kann. Deswegen sollte man natürlich auf alles vorbereitet sein. Davon, dass Hendrik bei der Geburt dabei sein würde, war ich jedoch zu 100 % überzeugt gewesen. Egal was auch immer sonst passieren würde. Als diese Überzeugung zerstört war, hatte ich wirklich keine Ahnung, wie ich das alleine schaffen sollte. Ich brach so sehr in Tränen aus, dass ich davon tagelange Kopfschmerzen bekam. Ich war sogar so angespannt und unter Stress, dass trotz Einleitung nichts passierte. Und das, obwohl ich alle drei Stunden Einleitungstabletten bekam. Tabletten, die ich eigentlich gar nicht nehmen wollte, aber aus Vorsicht schluckte, um meinem Baby nicht zu schaden.

Heute und vor allem dank der tollen Aufklärungsarbeit von motherhood e.V. weiß ich, dass ich zu einer Einleitung auch „Nein!“ hätte sagen können.

In den Fängen des eigenen Verstandes

Drei volle Tage ist trotz dieser Einleitungsmaßnahmen rein gar nichts passiert. Diese Tatsache war für mich ein erneutes Zeichen dafür, wie viel Macht unser Verstand über unseren Körper hat. Ich wollte meine Tochter nicht alleine zur Welt bringen. Nicht unter diesen Umständen. Nicht in diesem

QUELLE: www.mother-hood.de

Schockzustand. Ich klammerte mich an die Hoffnung, dass Hendriks Testergebnis früh genug kommen würde, damit er doch noch dabei sein konnte.

In diesen drei Tagen musste ich immer wieder Dinge entscheiden und in meinem Verstand sein:

- Ich musste stündlich auf die Uhr schauen, um meine nächste Dosis an Tabletten einzunehmen,
- Ich musste alle 2,5 Stunden von meinem Zimmer aus in den Kreißsaal laufen,
- Ich sollte mir Gedanken darüber machen, ob ich nach den Tabletten einen Wehencocktail oder ein Vaginalgel bekommen möchte,
- Ich musste mich immer wieder rechtfertigen, wieso ich niemand anderen bei der Geburt dabei haben wollte,
- ... und ich war mit meinen Sorgen und Ängsten komplett alleine.

Irgendwann war ich so fertig mit den Nerven, dass ich ernsthaft über einen Kaiserschnitt nachdachte.

Dank des Zuspruchs der Hebammen habe ich den Gedanken allerdings schnell wieder verworfen. Dafür bin ich ihnen unglaublich dankbar.

Trotzdem blieb das Problem, dass es in diesen drei Tagen keine Möglichkeit gab, das zu tun, was eigentlich so wichtig war, damit die Geburt in Gang kommen konnte: Es gelang mir nicht, mich zu entspannen und den Verstand abzuschalten, um mich nur auf meinen Körper zu konzentrieren.

Ein kleiner Hoffnungsschimmer: Meine Hebamme Anna-Lina

Da ich mehrere Tage im Krankenhaus war, habe ich viele Hebammen kennengelernt. Am Donnerstag kam Anna-Lina zum ersten Mal. Sie hatte gehört, was die letzten Tage bei mir los gewesen war. Auch von meinen dauerhaften Kopfschmerzen hatte sie gehört. Das Erste, was sie zu mir sagte, war: "Jill, heute machen wir mal gar nichts, was mit der Geburt zu tun hat. Komm, wir machen heute einen Wellness-Tag." Ich war so verblüfft und gleichzeitig so begeistert von ihrer empathischen und liebevollen Art, dass ich mich zum ersten Mal seit dem Weggang von Hendrik etwas wohler fühlte. Anna-Lina hat mir Kaffee geholt, mir eine Badewanne eingelassen, leise Musik angeschaltet und mir sogar eine Physiotherapeutin besorgt, die mich massiert und mir eine Fangopackung gemacht hat.

Nach dieser Wellness-Anwendung waren meine Kopfschmerzen endlich weg und ich beruhigte mich ein wenig. Allerdings war dann auch schon die Schicht von Anna-Lina vorbei. Mein Kopf machte direkt wieder zu, als eine Hebamme kam, mit der ich nicht auf einer Wellenlänge war. Da es Abend war, wurde ich auf mein Zimmer geschickt und sollte schlafen gehen. Leider fühlte ich mich wieder total alleine.

Wie ich es schaffte, entschieden für meine Bedürfnisse einzustehen

Als ich am Freitagmittag zum gefühlt fünften Mal in den Kreißsaal kam, hatte ich mental keine Lust mehr auf das ständige Hin und Her. Ich traute mich, für mich einzustehen und fragte, ob ich nicht einfach im Kreißsaal bleiben könne. Damit konnte mir endlich genau das gelingen, was ich die letzten Monate trainiert hatte: den Kopf auszuschalten und nur bei mir und meinem Körper zu sein. Das geht natürlich schlecht, wenn man immer wieder auf die Uhr gucken und das Zimmer wechseln muss.

Die Hebammen waren total erstaunt, dass ich im Kreißsaal bleiben wollte. Sie waren der Meinung, dass es doch auf dem Zimmer viel entspannter für mich sei. Das war wieder einmal ein großes Learning für mich. Die meisten Menschen wollen zwar nur das Beste für einen. Nur muss das Beste in ihren Augen nicht das sein, was ich vor Augen habe. Sie können es nicht besser wissen, weil sie lediglich Annahmen aufstellen. Bekommen sie keinen Widerstand, denken sie: „Das wird bestimmt das Richtige gewesen sein." Daher ist es so unglaublich wichtig, dass wir offen und ehrlich äußern, was wir brauchen! Ganz gleich ob unter der Geburt oder im Leben allgemein.

Ich durfte also im Kreißsaal bleiben, der in meinen Augen viel gemütlicher war. Dort gelang es mir endlich, mich nur auf meine Atmung und meinen Körper zu konzentrieren.

Ich machte mir eine Meditation an und veratmete schön die ersten Wellen.

Einstellungswandel als großer Wendepunkt

Beim erneuten Schichtwechsel kam Anna-Lina wieder in mein Zimmer. Ab diesem Zeitpunkt begann ich, mich wirklich zu entspannen. Gleichzeitig wurde mir klar, dass Hendrik die nächsten zwei Tage kein Testergebnis erhalten würde. Es war Wochenende. Zu Beginn der Pandemie gab es noch keine Testroutine. Die Bearbeitung dauerte einfach ewig.

Ich hatte zu dem Zeitpunkt keine Lust mehr, mich weiter zu bemitleiden. Damit stand ich mir nur selbst im Weg. Ich war unendlich froh, dass Anna-Lina zurück war. All das führte dazu, dass ich es schaffte, mein Mindset zu ändern und mich endlich zu entspannen.

Gefühlt keine zehn Minuten später platzte meine Fruchtblase und 2,5 Stunden danach war Lilly auf der Welt. Diese 2,5 Stunden war ich ganz bei mir. Die Zeit verging wie im Flug und fühlte sich wie 30 Minuten an.

Phase 2: Die tatsächliche Geburt meiner Tochter

Ich würde die Geburt nicht komplett als schmerzfrei bezeichnen, aber es war zu jeder Zeit aushaltbar. Durch die Einleitung kamen die Wellen nicht wie sie es auf natürliche Art getan hätten. Sie fingen also nicht leicht an und wurden zunehmend stärker. Diese Wellen waren von Anfang an stark und sofort von 0 auf 100. Das machte es mir anfangs schwer, mich auf meine Atmung zu konzentrieren, weil ich auch hier etwas überrumpelt worden war.

Das ist übrigens der Grund dafür, wieso ich a) weiterhin an eine schmerzfreie Geburt glaube und b) beim nächsten Mal, außer es ist medizinisch notwendig, keine Einleitung in Anspruch nehmen möchte. Unser Körper ist schlau und weiß, was er wann braucht. Wenn man ihn einfach machen lässt. Dann kann es gelingen, die Gedanken still werden zu lassen und dem Körper mit all den Sorgen und Grübeleien nicht mehr im Weg zu stehen. Auf diese Weise kommen die Wellen langsam, steigern sich mit der Zeit und man hat die Möglichkeit, sich an sie zu gewöhnen. Dadurch geht man viel besser mit ihnen um, veratmet sie gut und unterstützt den Körper optimal.

Obwohl die Wellen bei mir sehr plötzlich kamen, würde ich nicht von „Schmerzen", sondern vielmehr von einem starken Dehnungsgefühl sprechen. Bei Schmerzen sind wir darauf gepolt, uns möglichst schnell von ihnen wegzubewegen. Der erste Impuls bei einer heißen Herdplatte ist es, die Hand wegzuziehen. Wenn Du also unter der Geburt eigentlich vor jeder Welle fliehen möchtest, kann das Ganze sehr anstrengend für Dich und Dein Baby werden. Dein Kopf arbeitet ununterbrochen gegen Deinen Körper. Dieser möchte die Muskeln des Gebärmuttermundes öffnen, während Dein Kopf laut „Nein!!" brüllt.

Empfindest Du jede Welle jedoch als starke Dehnung, kannst Du „auf sie zugehen“. Unbewusst verbindest Du mit dem Wort "Dehnung" vermutlich nichts Negatives, weil Du es u. a. aus dem Sport kennst. In eine Dehnung gehen wir proaktiv. Genau das kannst Du auch mit den Wellen machen. Mit etwas Übung kannst Du es schaffen, die starke Körperempfindung für Dich positiv zu bewerten und den Grund dieses Gefühls in den Vordergrund zu stellen. Dein Körper bringt dadurch schließlich Dein Kind zur Welt.

Diese Assoziationen haben mir enorm geholfen und letztendlich verlief die Geburt in der Geburtswanne ganz ohne Komplikationen, Geburtsverletzungen sowie Schmerzmittel. Alles in allem ist es dann so gekommen, wie ich es mir gewünscht hatte. Bis auf die Tatsache, dass Hendrik nicht dabei sein konnte.

Der lange Weg von der Realitätsverweigerung bis hin zur Akzeptanz

Jetzt in der Retrospektive kann ich Dir genau sagen, woran es lag, dass es so lange gedauert hat, bis ich für die Geburt bereit war:

Ich hatte mich geweigert, die Realität zu akzeptieren. Ich hatte nicht wahrhaben wollen, dass Hendrik nicht dabei sein konnte. Ich habe mich unglaublich unter Druck gesetzt, weil ich dachte, ich könne es alleine nicht schaffen. Dieser Umstand war ein bisschen meiner Vorbereitung geschuldet, weil ich mich mental ziemlich abhängig von Hendrik gemacht habe. Ich hatte mich essenziell darauf eingestellt, dass ich nur bei mir sein kann und Hendrik eben die Kommunikation mit Hebammen und Ärzten übernimmt.

Ich glaube auch jetzt noch, dass dieser Weg der Beste für eine schmerzfreie Geburt ist, weil unser Kopf viel zu oft gegen unseren Körper arbeitet und wir ihm nicht ausreichend vertrauen. Nur leider hat sich schlagartig die Realität in den Kreißsälen verändert und darauf war ich schlicht und einfach nicht vorbereitet. Die Worte „Corona" und „Lockdown" waren in meiner Schwangerschaft einfach kein Thema gewesen.

Worst-Case-Check als sinnvolle Vorbereitungshilfe

Das Gute ist, dass Du Dich mittlerweile auf diese Situation vorbereiten kannst. Du kannst Dich mental darauf einstellen, dass dieser Fall eintreten könnte. Du hast quasi eine gewisse Vorlaufzeit, um Dich mit dieser Realität anzufreunden oder sie zumindest zu akzeptieren. Dann lassen sich Wege finden, besser mit der Situation umzugehen.

Ich war in diesen Tagen so was von vor den Kopf gestoßen, dass ich es relativ lange nicht schaffte, diese wirklich bescheidene Realität zu akzeptieren. Das Problem dabei ist dann: Kein Gedanke dieser Welt hätte meine Situation verändert. Mit jedem negativen Gedanken, mit jedem Gedanken, der gegen diese neue Situation angekämpft hat, ist nur eins passiert: Ich habe mich nur noch mehr unter Druck gesetzt. So lange, bis ich lernte, die Situation anzunehmen.

Beim Annehmen oder Akzeptieren geht es übrigens nicht darum, die Situation gutzuheißen. Ich fand die Lage weiterhin mehr als bescheiden. Aber ich habe mich innerlich nicht mehr dagegen gewehrt. Dadurch hatte ich den Kopf frei und konnte bewusst meine Gedanken einsetzen. Ab dann konnte ich konstruktiv mit der Situation umgehen und meine Gedanken wieder lenken.

Doch genau dieses bewusste Wahrnehmen der Gedanken und deren Veränderung braucht Training. Wenn Du tagtäglich im Autopiloten unterwegs bist und die Dinge so machst, wie Du sie immer erledigst, gehst Du vermutlich sehr selten bis gar nicht auf die Metaebene. Folglich hinterfragst Du Deine Gedanken nicht auf ihre Richtigkeit und glaubst sie automatisch.

Der Gedanke "Ich kann unser Kind nicht ohne Hendrik auf die Welt bringen" war eine Lüge, die ich mir selbst tagelang im Krankenhaus erzählte. Ich war felsenfest davon überzeugt, dass sie stimmt. Genau aus dieser Überzeugung hat mein Körper dann auch gehandelt: Er hat die Geburt mit all seinen Ressourcen blockiert.

Welche Vorstellungen mir halfen, endlich loszulassen

In solchen Situationen sitzen wir im bereits angesprochenen Autopiloten fest: Unsere Gedanken kommen einfach, ohne dass wir sie aktiv steuern müssen. Wir denken etwas und glauben es automatisch. Und das immer, an jedem einzelnen Tag und bei fast jedem Gedanken. Es sei denn, wir hinterfragen sie. Dieses Hinterfragen ist jedoch ein aktiver Prozess und nicht wie das normale Denken eher passiv.

Doch genau das ist der Punkt: Wenn Du gelernt hast, Deine Gedanken aktiv zu steuern, kannst Du auch in wirklich schwierigen Situationen entspannen und loslassen. Du hast gelernt, Dich für die hilfreichen Gedanken zu entscheiden.

Mir hat es damals sehr geholfen, mir darüber klar zu werden, dass ich mein Kind auch ohne Hendrik nicht komplett alleine auf die Welt bringen muss: Ich war umgeben von Hebammen, also DEN Expertinnen für jede Geburt. Bei ihnen konnte ich mich sicher fühlen, weil ich wusste, dass es ihr Job ist, uns Frauen Halt zu geben.

Auch Deine Wortwahl kann Dir dabei helfen. Wenn Du eben nicht davon sprichst, Dein Kind alleine zu gebären. Besser ist es, wenn Du sagst, dass Du es ohne Partner*in tun wirst. Sprechen wir von „alleine“, denken wir automatisch, dass wir wirklich komplett alleine sind. Das ist aber nicht der Fall.

Außerdem war mir klar, dass ich durch einen Teil der Geburt sowieso alleine muss. Das konnte mir niemand abnehmen. Auch Hendrik und die Hebammen nicht. Unser Körper und unser Baby wissen instinktiv, was sie zu tun haben. Wichtig in dieser Situation ist es, den Kopf auszuschalten und den Körper machen zu lassen. Auch das ist eine Kompetenz, die sich trainieren lässt.

Durch aktive Visualisierung positive Emotionen erzeugen

In diesem Zusammenhang habe ich mich im Krankenhaus nach dem Worst-Case-Szenario gefragt: Was wäre eigentlich, wenn ich mein Kind ohne Hendrik bekommen würde? Das Schlimmste, was mir dazu einfiel, war, dass Hendrik die ersten Stunden der kleinen Maus nicht miterleben würde. Diese Erkenntnis war natürlich traurig, aber mehr eigentlich auch nicht. Ich machte mir zwar ein wenig Sorgen, ob ihre Bindung darunter leiden könnte, aber auch da konnte ich mich relativ schnell beruhigen. Was sind schon ein paar erste Stunden ohne Papa, wenn das restliche Leben mit ihm vor der Tür stand?

Dann malte ich mir aus, wie es sein wurde, die kleine Maus im Arm zu halten und gemeinsam mit dem Papa nach Hause zu fahren. All diese positiven Emotionen stellte ich in den Vordergrund.

Das Hilfreiche dabei ist, dass wir niemals zwei Gedanken gleichzeitig denken können. Wir können keine Angst verspüren und gleichzeitig darüber nachdenken, wie schön es sein wird, zu Hause mit dem Baby zu sein. Diese Tatsache machte ich mir zunutze. Ich entschied mich aktiv für die schönen Gedanken. Gefühlt einen Moment später war die kleine Maus da.

Warum ich meinem Körper jetzt zu 100 % vertraue – und warum Du das auch kannst

Auch wenn der Anfang zugegebenermaßen holprig war, bekomme ich trotzdem ein schönes Gefühl, wenn ich an die Geburt von Lilly zurückdenke. Ich war währenddessen zu 100 % bei mir, während alles um mich herum zur Nebensache wurde. Nach der Geburt Deines Babys, egal ob mit oder ohne Partner*in an Deiner Seite, wirst Du wissen, was ich damit meine. Freu Dich also auf diese einmalige Erfahrung! Ich habe durch diese Erfahrung keine Angst mehr und könnte auch mein nächstes Kind ohne meinen Partner zur Welt bringen, wenn es denn sein muss. Mir persönlich wurde klar, wie sehr mich die Krankenhausatmosphäre stört. Deshalb steht für mich mittlerweile fest, dass mein nächstes Kind eher im Geburtshaus oder zu Hause auf die Welt kommen soll. Nicht nur, weil die Atmosphäre dort viel schöner ist, sondern auch, weil ich meinem Körper mittlerweile restlos vertraue. Auf dieses neue Abenteuer freue ich mich schon jetzt.

Hendrik wurde übrigens negativ getestet und hat die kleine Maus 24 Stunden später kennengelernt. Die Bindung der beiden hat unter der Situation überhaupt nicht gelitten.

Sie sind ein Herz und eine Seele. Die ersten Minuten, als er sie im Arm hielt, waren für Hendrik ziemlich überwältigend. Wie er sagt, war er auch ein wenig überfordert. Aber das ist ja auch irgendwie kein Wunder.

Ich hoffe, dass Dir dieser etwas andere Geburtsbericht geholfen hat, ein wenig die Angst zu verlieren. Er soll Dich im besten Falle motivieren, an Deinem Mindset zu arbeiten, damit Du in stressigen Situationen einen klaren Kopf bewahren kannst. Dann kannst Du selbst entscheiden, wie Du Situationen bewertest, ohne dass Dein Gehirn es automatisch und nicht immer zu Deinem Besten tut.

WIE ICH STRESSMOMENTE IM MUTTERGLÜCK SELBSTBEWUSST MEISTERE

Wir verstehen unser Leben oft erst in der Retrospektive. Das macht die Reflexion so unheimlich wichtig. Mit ihr steht und fällt alles, wenn es darum geht, in Stressmomenten einen kühlen Kopf zu bewahren und gelassen zu reagieren. In der Retrospektive können wir uns selbst und unser Verhalten durchleuchten und genau diejenigen Erkenntnisse sammeln, die wir benötigen, um in künftigen ähnlichen Situationen anders zu handeln. Nur durch den Blick zurück können wir also ein solides Fundament für unser neues Mindset aufbauen. Das Gute: In unserem Alltag gibt es zahlreiche Situationen, aus denen wir lernen können.

Auch ich lerne im Alltag immer wieder Neues über mich und meine Bedürfnisse. Das gilt ganz besonders für meine aktuelle Situation als junge Mama. Auf einmal befinde ich mich in (Konflikt-)Situationen, die ich bislang nicht kannte. Mit den richtigen Tools gelingt es mir jedoch, diese Stressmomente zu analysieren, sie positiv für mich zu bewerten und somit effektiv für meine Tochter zu nutzen.

Eine dieser Situationen möchte ich in diesem Kapitel schildern und Dir zeigen, wie mir Reflexion dabei geholfen hat, mein Denken wieder in positive Bahnen zu lenken.

Als meine Tochter ca. zwei Monate alt war, hatte ich die Möglichkeit, auf einem kleinen privaten Hof wieder mit dem Reiten anzufangen. Da sie noch sehr klein war, der Papa arbeiten musste und ich sie ungern woanders lassen wollte, habe ich sie kurzerhand zum ersten Treffen mit der Gutsbesitzerin mitgenommen.

Zufälligerweise war die Tochter der Besitzerin an dem Tag ebenfalls auf dem Hof. Genau wie ich als Jugendliche war die Tochter ein totaler Baby-Fan und liebte das Babysitten. Total spontan fragte mich die Gutsbesitzerin daher, ob nicht ihre Tochter auf Lilly aufpassen solle, damit wir die Pferde fertigmachen und etwas reiten konnten.

Da meine Tochter zu diesem Zeitpunkt friedlich schlief, war das eine durchaus glückliche Fügung. Ich hatte so die Möglichkeit, eines der beiden Pferde bereits an diesem Tag besser kennenzulernen.

Doch während wir die Pferde vorbereiteten, wurde Lilly wach und fing an zu weinen. Bevor ich auch nur irgendwie reagieren konnte, winkte die Besitzerin ab und sagte: „Das kriegen die schon hin."

Obwohl ich ein leicht mulmiges Gefühl hatte und mein Instinkt mir sagte, dass ich eigentlich bei Lilly bleiben will, sattelte ich die Pferde weiter. Ein Auge und ein Ohr waren dabei immer auf meine weinende Tochter gerichtet. Als es wenige Minuten später ganz plötzlich anfing zu regnen, war das für mich wie ein endgültiges Signal. Ich löste die Babysitterin ab und beruhigte Lilly selbst.

Das Ganze hat vermutlich nicht länger als 2-3 Minuten gedauert. Für mich hat es sich aber, aufgrund der Stressgefühle und der Überforderung, wie eine halbe Ewigkeit angefühlt. Auf der Rückfahrt hatte ich ein unglaublich schlechtes Gewissen. Es war ein wirklich sehr unangenehmes Gefühl, das man unbedingt reflektieren sollte, damit eine solche Situation nicht wieder passiert.

Deshalb setzte ich mich zu Hause als Erstes an den Schreibtisch, griff nach meinem Journal und brachte all meine Gedanken bzgl. dieser Situation zu Papier. Ich wollte verstehen, was da genau passiert war und woraus sich genau mein so schlechtes Gewissen speiste.

Durch die Selbstreflexion wurde mir bewusst, dass ich unbewusst in ein für mich sehr typisches Verhalten gerutscht war. Ein Verhalten, was mir in meiner Rolle als Freundin, Partnerin und Selbstständige durchaus bekannt ist. Ebenso die Tatsache, dass ich bewusst dagegen steuern kann.

Ich gehöre zu den Menschen, denen es wichtig ist, von anderen gemocht zu werden. Ich stelle meine Bedürfnisse oft hinten an und versuche, potenzielle Konflikte zu vermeiden. Dieses Verhalten entsteht durch die Angst vor Zurückweisung. Eine Angst, die in der Steinzeit durchaus sinnvoll war. Eine Zurückweisung bedeutete, aus dem Schutz der Gruppe ausgeschlossen zu werden und in einer gefährlichen Welt komplett alleine für sich verantwortlich zu sein. Das war nicht sehr günstig und wurde oft mit dem Tod bezahlt. Heutzutage ist eine Zurückweisung zwar nicht mehr mit dem Tod gleichzusetzen, aber es fühlt sich oft wie ein kleiner Tod an.

In meiner neuen Rolle als Mama war mir dieses Verhalten noch gänzlich neu, auch wenn es in anderen Kontexten ein wiederkehrendes Muster bei mir ist. Mir war in dem Moment nicht bewusst, dass ich das Bedürfnis, für meine Tochter da sein zu wollen, hinten angestellt habe. Ich wollte nicht, dass die Gutsbesitzerin denkt, ich sei eine Helikoptermutter. Ebenso wollte ich ihr nicht vermitteln, dass ich ihrer Tochter nicht vertraue.

Dieser Umstand war also völlig normal, denn zu der Zeit war ich ja gerade einmal acht Wochen Mama. Ich hatte bisher noch wenig Möglichkeiten gehabt, genügend Informationen über mich als Mama zu sammeln, weil wir unser Leben, wie gesagt, immer aus der Retrospektive verstehen.

Durch das anschließende Reflektieren konnte ich die Situation mit der Gutsbesitzerin nutzen, um erste Daten über mich zu sammeln. Ich konnte mir bewusst machen, dass in dieser Situation mein typisches Verhaltensmuster wieder mal gegriffen hatte.

Als mir das klar wurde, hätte ich natürlich sauer auf mich selbst und enttäuscht von mir sein können. Ich hätte mich selbst abwerten und Selbstzweifel streuen können. All das, was wir gerne tun, wenn wir mit unserem eigenen Verhalten nicht d'accord sind. Aber was bringt uns das? All die nachträglichen negativen Selbstgespräche und die damit einhergehende Selbstverurteilung hätten die Situation auf dem Hof nicht verändert. Im Gegenteil, es hätte im Nachhinein für mich alles sogar nur schlimmer gemacht.

Stattdessen habe ich mich entschieden, die Situation positiv zu bewerten. Ich habe mich auf die nächste ähnliche Situation gefreut. Beim nächsten Ereignis war ich durch die Reflexion gewappnet. Ich würde dem Reiz ganz unmittelbar seine Wirkung entziehen, indem ich bewusst und nicht mehr unbewusst auf ihn reagiere.

Durch den Umstand, dass ich mich sogar wirklich auf eine solche Situation freue, bin ich direkt entspannter. Das erhöht wiederum die Wahrscheinlichkeit, dass ich es schaffe, mein Vorhaben direkt beim nächsten Mal umzusetzen.

Wäre mir dieses Muster bereits im Vorfeld bewusst gewesen, hätte ich in der Situation schon anders gehandelt. Ich hätte mich direkt um meine Tochter gekümmert. Davon hätten alle profitiert:

- Meine Tochter, weil sie sich direkt wieder sicher und geborgen gefühlt hätte
- Die Tochter der Besitzerin, weil sie nicht länger ein weinendes Baby auf dem Arm gehabt hätte
- Die Besitzerin, weil ich ihr, ohne abschweifende Gedanken, zugewandt zugehört hätte
- Und vor allem ich selbst, weil ich das getan hätte, was sich instinktiv richtig für mich angefühlt hätte und nicht das, wovon ich annahm, dass andere es möglicherweise von mir erwarteten.

Oft ist uns in der jeweiligen stressigen Situation nicht bewusst, warum wir handeln, wie wir es tun. Deswegen ist

Selbstreflexion ein so wichtiges und kraftvolles Tool. Sie hilft uns, herauszufinden, warum wir auf bestimmte Reize mit großem Stress reagieren. Wir können mit ihrer Hilfe erkennen, wieso diese Reize so stark in uns wirken.

Die Art und Intensität unserer Stressreaktion hängt unmittelbar damit zusammen, zu welchem "Stress-Typ" wir gehören. Es wird zwischen fünf Typen unterschieden:

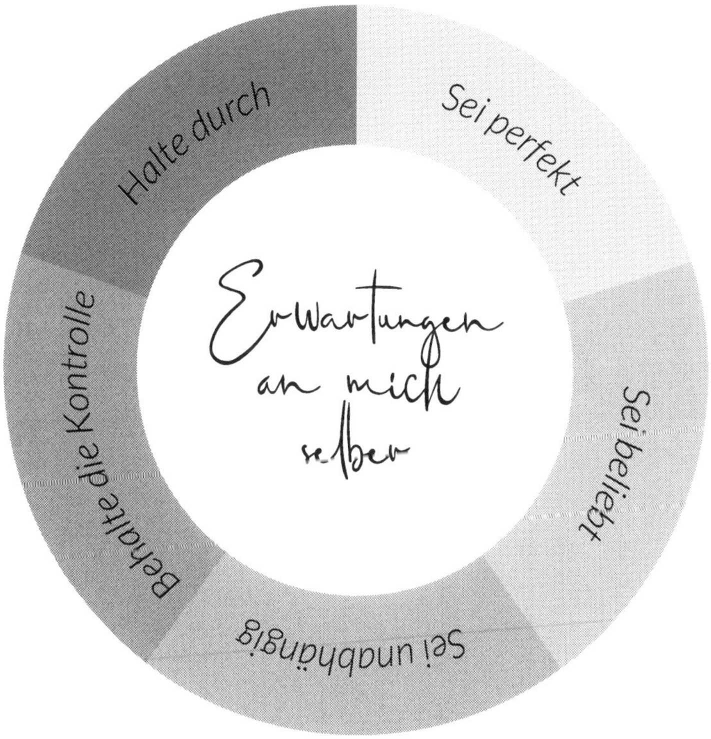

In der Regel vereinen wir Anteile aller fünf Typen in uns. Manchmal sind 1-2 Typen dominant, manchmal aber auch bis zu drei. Hin und wieder besteht sogar fast ein Gleichgewicht aus allen fünf. Das ist ganz individuell. Im Schnitt kann man jedoch sagen, dass 2-3 Typen hoch ausgeprägt sind. Sie bestimmen, warum wir auf bestimmte Reize reagieren. Bei den einzelnen Typen gibt es kein "besser" oder "schlechter". Es ist einfach sehr wichtig, die eigene Zuordnung zu kennen, um auf die individuellen Bedürfnisse reagieren zu können und im Handeln zu bleiben. Zu welchem Typ man zählt, ist den meisten Menschen häufig jedoch gar nicht bewusst. Deshalb besteht in meinen Coachings einer der Hauptschwerpunkte darin, genau das herauszuarbeiten, um ein neues, starkes und positives Mindset aufzubauen.

Wie beschrieben gehöre ich primär zum sogenannten "Beliebtheits-Typ". Das heißt, dass bestimmte Reize von außen gerade dann besonders stark auf mich wirken und meine Unsicherheit triggern können, wenn es darum geht, dass ich mit meinen Entscheidungen oder meiner Haltung andere eventuell vor den Kopf stoßen könnte. Ich neige in der Folge dazu, meine Bedürfnisse zu vernachlässigen. Stattdessen handle ich so, wie ich annehme, dass andere mein Vorgehen gutheißen werden. Ich agiere also rein auf der Basis von Hypothesen, nur um eine Zurückweisung zu vermeiden.

Dabei erzähle ich mir quasi selbst, was andere alles Negatives über mich denken könnten. Durch mein Verhalten will ich dann diese möglichen negativen Gedanken von anderen über mich verhindern. Das kann jedoch dazu führen, dass ich nicht mehr das tue, was ich eigentlich vorhatte. Ein Teufelskreis, aus dem man sich unbedingt befreien sollte.

Das klingt jetzt sehr viel dramatischer, als es ist. Seit ich durch meine Mindset-Arbeit erkannt habe, dass dieser Typ in mir dominant ist, kann ich aufgrund dieses Wissens ganz aktiv etwas dagegen bzw. für mich und meine wahren Bedürfnisse tun. Wenn dann dieser "Typ" in bestimmten Situationen erwacht und Anstalten macht, Alarm zu schlagen, gebe ich ihm einfach genau das, was er braucht, um sich wieder zu beruhigen.

Genau darum geht es in meinen Coachings: Die Glaubenssätze, die die innere Kommentatorin ständig vom Stapel lässt und die man 100%ig für wahr hält, herauszufiltern. Es gilt, sie als Hypothesen zu entlarven und sie in förderliche Sätze umzuwandeln. Mir hätte damals bei der Gutsbesitzerin zum Beispiel der Satz geholfen: „Ich darf Nein sagen und werde trotzdem noch gemocht."

Welche förderlichen Sätze Dir persönlich in solchen Situationen helfen können, ist u.a. von der jeweiligen Situation abhängig. Die Gründe für unsere Glaubenssätze sind sehr individuell und teilweise sehr tief in uns verankert. Daher lohnt es sich genauer hinzuschauen. Denn dann kannst Du

Deine Überzeugungen hervorholen, sie hinterfragen, um sie dann in positivere Glaubenssätze umzuformulieren. So schenken sie Dir Kraft und Stärke, anstatt Dich unbewusst zu verunsichern.

„GENIESS DIE SCHÖNSTE WARTEZEIT DER WELT OHNE VIEL STRESS, UNNÖTIGE SORGEN UND UNBEGRÜNDETE ÄNGSTE!"

Jill Baier

Lasse Dich von 3 (angehenden) Mamas inspirieren

Ich bin davon überzeugt, dass Du alles schaffen kannst, was Du Dir vornimmst. Das sage ich Dir nicht einfach so. Du hast alles in Dir, was Du für diese innere Stärke brauchst!

Um Dir zu zeigen, dass das keine Floskel ist, habe ich Dir zum Abschluss noch drei Stimmen von tollen Frauen mitgebracht. Frauen, die mittlerweile Mamas sind und denen es in ihrer Schwangerschaft genauso ging wie Dir momentan. Frauen, die sich Stück für Stück das erarbeitet haben, was sie für ihren neuen Lebensabschnitt an Stärke, Mut und Vertrauen brauchten. Frauen, die jetzt nicht länger verzweifelt und überfordert nach Antworten und Sicherheit im Außen suchen, sondern wissen, dass sie bei Stress, Sorgen und Ängsten komplett darauf vertrauen können, dass sie die richtigen Lösungen finden werden. Für sich und für ihr Baby.

Kathrin B.

SSW 37

Meine Schwangerschaft verlief nicht immer unbeschwert und sorgenfrei. Ich hatte zu Beginn viele Ängste und Sorgen, die auch in den folgenden Monaten nicht komplett verschwanden.

Um die Schwangerschaft mehr genießen zu können, entschied ich mich für Jills praktische Methoden. Ich wollte herausfinden, wie ich besser mit Stress und den vielen Gedanken und Fragen, die ich während der Schwangerschaft hatte, umgehen konnte. Mit Jills Hilfe habe ich viele Tools und Methoden kennengelernt, um an mir und meinen Gedanken zu arbeiten. Schnell konnte ich Muster in meinen Gedanken erkennen und besser mit ihnen umgehen. Auch in akuten Situationen stand mir Jill mit ihrem Wissen zur Seite und hat mich so durch die letzten Wochen meiner Schwangerschaft begleitet. Meine Geburt steht nun kurz bevor und ich freue mich auf alles, was da kommt! Ich bin mir sicher, dass ich die gelernten Tools auch in Zukunft noch häufig anwenden werde. Danke Jill für den tollen Input :)

Franziska F.

SSW 29

Eine Schwangerschaft mit Stress zu verbinden, kam mir ähnlich unangemessen vor, wie sie als „Krankheit" zu bezeichnen. Wie oft hört man von anderen „Sie ist nicht krank, sie ist nur schwanger"? Viel zu oft. Es verändert sich aber auch so viel. Mein Körper wird zu Höchstleistungen gezwungen und der psychische Druck steigt. Insbesondere, weil oft der Weg des Schwangerwerdens sehr beschwerlich ist.

Mit Jills Hilfe habe ich mich mit dem Thema Stress, meinen darauf gemünzten Verhaltensmustern und meinem ganz persönlichen „Schwarzmalen" auseinandergesetzt. Mit anschaulichen Geschichten, praktischen Beispielen und vielen Übungen kam ich nicht nur zur Selbsterkenntnis, sondern auch in den Modus, die vermittelten Lösungsstrategien anzuwenden.

Mein Ziel wird es sein, das Erlernte auch über die Schwangerschaft hinaus als gute Gewohnheit in mein Leben aufzunehmen.

Vielen Dank liebe Jill, dass Du mir gezeigt hast, wie ich meinen weißen Wolf füttere.

Melissa G.

MAMA VON O.

Liebe Jill, kurz bevor ich mich als frischgebackene Mama selbstständig gemacht habe, bin ich auf Deinen Instagramkanal gestoßen. Deine Beiträge haben mich sofort gefesselt und ich hab mich in all dem wiedergefunden. Das lag in erster Linie darin, dass ich nicht gut mit Stress, und wie ich jetzt erfahren habe, mit meinen Gedanken umgehen konnte. Meine erste Intension bestand darin, dass ich meinem Sohn zeigen möchte, dass die Welt da draußen nicht nur aus Stress und Hektik besteht, denn mir ist klar, dass seine Kindheit das Fundament seines ganzen Lebens ist.

Ich habe super viele Skills und Erfahrungen mit mir und meinen Gedanken sammeln und bewusst ausprobieren können. Es hat mir so unglaublich viel gebracht, mich in erster Linie mit mir, meinen Gedanken und Stressoren auseinanderzusetzen. Mir ist bewusst geworden, dass nur ich die Verantwortung über meine Gedanken und Entscheidungen habe. Ich brauchte jemanden, der mich an die Hand nimmt und mich durch den Dschungel der vielen Skills führt.

Vielen lieben Dank für Deine ganze Mühe. Ich hab mich sehr wohl und gut aufgehoben an Deiner Seite gefühlt. Aus diesem Grund ist es mir leicht gefallen, mich schnell zu öffnen.

Was ich Dir noch auf Deinen Weg mitgeben möchte

Negative Emotionen sowie Sorgen, Ängste und Stress werden immer wieder Teil Deines Lebens sein. Das ist vollkommen in Ordnung, denn jetzt hast Du Methoden an die Hand bekommen, diese Gemütszustände schnell(er) zu verändern. So kannst Du voller Vertrauen, Verbundenheit und Vorfreude sein.

Deine eigenen Sorgen und Ängste zu meistern und eine glückliche sowie gelassene Schwangerschaft zu erleben, ist ein Prozess. Ein Prozess, der nicht durchs Lesen dieses Buches startet, sondern indem Du diesen Prozess aktiv gestaltest und lebst. Jeden einzelnen Tag.

Ich hoffe, dieses Buch hat Dir vor Augen geführt, welchen großen Anteil Du daran hast, eine glückliche, gelassene und sorgenfreie Schwangerschaft führen zu können und wie Du auch dorthin gelangst.

Wenn Du ernsthaft etwas gegen Deine Sorgen und Ängste in der Schwangerschaft, aber auch für Dein Leben allgemein tun möchtest, ist es an der Zeit zu handeln. Denn selbst die größte Erkenntnis oder Einsicht ist ohne Dein Handeln nutzlos, weil dich die Erkenntnis allein nicht weiterbringt. Wenn Du nichts änderst, ändert sich eben auch nichts um Dich herum.

Damit eine Pflanze wachsen kann, müssen wir sie gießen. Ich bin der felsenfesten Überzeugung, dass sich unser Bewusstsein, aber auch unser Unbewusstes weiterentwickeln kann. Wir müssen uns nur selbst mit Wissen "gießen". Dann haben wir anschließend die Möglichkeit, dieses Wissen umzusetzen.

Das Tolle ist: Wenn Du Dich bewusst dafür entscheidest, Dein neues Wissen jeden Tag in kleinen Schritten anzuwenden, wirst Du erstaunt sein, wie schnell sich Dinge für dich ändern und wie schnell Du eine innere Gelassenheit erlangst. Wie bei allen Prozessen ist es auch hier so: Je weiter Du auf Deinem Weg gekommen bist, desto leichter wird es werden.

Ich hoffe, dieses Buch hat Dich mental gestärkt, selbstbewusster gemacht und lässt Dich positiv in Deine Zukunft blicken. Die richtigen Tools dafür hast Du auf jeden Fall im Gepäck. Sie warten nur darauf, von Dir (immer wieder) angewandt zu werden.

Ich wünsche Dir von Herzen eine glückliche und gelassene Kugelzeit, die Du in vollen Zügen genießen kannst!

Ich glaub an Dich und Du solltest es auch tun.

Deine Jill

„AUF EIN SCHÖNES BAUCHGEFÜHL UND EINE WUNDERVOLLE KUGELZEIT!“

Jill Bauer

Danksagung

Es gibt so viele Menschen, denen ich gerne meinen Dank aussprechen möchte, denn ohne sie würde es dieses Buch hier vermutlich nicht geben.

Zuallererst möchte ich mich bei Dir bedanken, liebe Schwangere. Danke, dass Du in Dich selbst investierst und Mittel und Wege suchst, die Verantwortung für Deine Gedanken, Gefühle und damit auch für Deine Schwangerschaft zu übernehmen. Ich selbst weiß, wie steinig und schwer der Weg einer Schwangerschaft sein kann und wie herausfordernd manche Dinge am Anfang erscheinen. Aber ich bin unendlich dankbar, dass mein Weg genau das war: herausfordernd und steinig. Andernfalls würdest Du nämlich jetzt gerade nicht dieses Buch in Deinen Händen halten. Du bist auf dem richtigen Weg und wenn Du weiter dranbleibst und immer wieder ganz bewusst Deine Gedanken zum Positiven hinsteuerst, wirst Du die schönste Wartezeit der Welt voller Verbundenheit, Vertrauen und Vorfreude genießen.

Lilly. Danke, dass Du mich zu (D)einer Mama gemacht hast und ich durch Dich schon jetzt so unglaublich viel (über mich) lernen durfte. Ohne Dich hätte es weder Kugelzeit Coaching noch dieses Buch gegeben. Danke, dass Du mir jeden Tag zeigst, was bedingungslose Liebe ist. Danke für die tägliche Erinnerung daran, präsent im Moment zu leben, denn im Hier und Jetzt ist es einfach am schönsten.

Hendrik. Danke, dass Du mir die Zeit gegeben hast, sie in dieses Buch zu investieren. Auch wenn das zugleich hieß, Deine Elternzeit nicht gemeinsam Vollzeit genießen zu können. Danke, dass Du immer hinter mir stehst, mir den Rücken freihältst und an meine Visionen und Ziele glaubst. Ohne Deine Unterstützung und den Glauben an mich wäre vieles sicherlich anders gelaufen.

Dasselbe gilt für meine Familie: Mama. Danke, dass Du so oft auf Lilly aufgepasst hast und ihre Zeit durch Deine Anwesenheit und Liebe versüßt hast. Danke, dass Du mich während der Arbeit an diesem Buch so oft durchgefüttert hast. Papa, auch Dir danke ich, dass Du jedes Wochenende da bist und uns so oft es geht unter die Arme greifst. Lilly liebt es, mit Dir gemeinsam den Garten zu erkunden und könnte sich keinen besseren Opa vorstellen.

Lina. Ich weiß gar nicht, wo ich anfangen soll. Danke für Deine ständige Inspiration, was dieses Buch angeht. Für Dein offenes Ohr, Deine konstruktiven Verbesserungsvorschläge, Deine Liebe für Sprache und Wörter. Danke, dass ich mich immer auf Dich verlassen konnte und es weiterhin kann. Es ist schön, so begabte Menschen wie Dich um mich zu haben.

Saskia. Ich kann Dir nicht genug danken. Danke für Deine aufmunternden Worte, Kugelzeit Coaching wirklich in Angriff zu nehmen, ins Tun zu kommen und mich nicht von meiner inneren Kritikerin davon abbringen zu lassen. Ohne Dich hätte ich mich nicht getraut, meine Vision mit der Welt zu teilen. Danke auch für Deine Expertise und Deine Unterstützung bei so vielen verschiedenen Themen.

Janine. Ach Janine, was würde Kugelzeit Coaching und auch dieses Buch layout- und bildtechnisch nur ohne Dich sein. Ich möchte es mir gar nicht ausmalen. Danke, dass Du diesem Buch und all meinen anderen Produkten ein so schönes Image verleihst. Danke für Deinen Blick und Deine Liebe für's Detail.

LeseGlück Verlag. Danke für Eure Expertise, Euren Enthusiasmus und Eure Energie, die Ihr in dieses Buch gesteckt habt. Es hat unglaublich viel Freude gemacht, mit Eurer Unterstützung an diesem Buch zu arbeiten.

Danke auch an all meine Mentoren, die nicht mal wissen, wie sehr sie mein Leben geprägt haben. Durch ihre Arbeit haben sie tiefgreifende Veränderungen in meinem eigenen Denken ausgelöst und mein stressiges und sorgenbehaftetes Leben durch ein glückliches und gelassenes ersetzt. Angefangen von Jon Kabat-Zinn über Tony Robbins bis hin zu Byron Katie, um nur einige zu nennen.

Danke auch an alle Menschen, die leise und unauffällig Arbeit in dieses Buch gesteckt haben: Lektorat, Designer, Setzer, Postboten. Und danke noch mal an Dich, die Du das Buch gelesen hast. Dadurch hast auch Du Arbeit und Zeit in dieses Buch investiert. Erst durch Deine Anwendung können die Inhalte und Methoden überhaupt lebendig werden und ihren Sinn erfüllen: Dir und Deinem Baby die schönste Wartezeit der Welt zu bescheren.

Über die Autorin

Jill Baier ist Psychologin, Mindset Coach und Resilienztrainerin. Inspiriert durch ihre erste Schwangerschaft gründete sie 2020 Kugelzeit Coaching, um Schwangeren genau die Unterstützung zu geben, die sie für den neuen Lebensabschnitt brauchen. Schließlich ist jede Schwangerschaft eine einmalige Erfahrung und soll am besten nur eines sein: die schönste Wartezeit der Welt. In Coachings, auf Social Media und in ihrem Kugelzeit Coaching Podcast gibt Jill daher werdenden Müttern wissenschaftlich fundiert neueste Erkenntnisse und psychologische Methoden an die Hand, um die Ursachen für Stress, Sorgen und Ängste zu verstehen und das eigene Mindset in gelassene Bahnen zu lenken.

Sie lebt derzeit mit ihrer Familie in Oldenburg und schrieb dieses Buch, während sie mit Ihrem zweiten Kind schwanger war.

Falls Du noch intensiver an Deinem Mindset arbeiten möchtest, um Deine Kugelzeit sorgenfrei zu erleben, schau gerne unter **www.kugelzeitcoaching.de** vorbei!

Ich freu mich auf Dich!

Lektürenhinweise

1. Baumann, Sigurd: Psychologie im Sport. 2018
2. Bernhard, Klaus: Panikattacken und andere Angststörungen loswerden. 2019
3. Byron Katie: Lieben was ist. Wie vier Fragen Ihr Leben verändern können. 2002
4. Chade-Meng Tan: Search Inside Yourself: Optimiere dein Leben durch Achtsamkeit. 2015
5. Chris Niebauer & Astrid Ogbeiwi: Kein Ich, kein Problem: Was Buddha schon wusste und die Hirnforschung heute bestätigt. 2020
6. Claus Derra & Corinna Schilling: Achtsamkeit und Schmerz: Stress, Schlafstörungen, Stimmungsschwankungen und Schmerz wirksam lindern. 2020
7. Dr Carol Dweck: Mindset - Changing The Way You think To Fulfil Your Potential. 2017
8. Kaluza, Gerd: Stressbewältigung: Trainingsmanual zur psychologischen Gesundheitsförderung. 2018
9. Ronald Schweppe: Füttere den weißen Wolf: Weisheitsgeschichten, die glücklich machen. 2016

Impressum und weitere Informationen

LeseGlück

Hast Du Fragen, Anregungen oder Kritik?

Dann kontaktiere uns gerne:

Webseite: www.leseglueck-verlag.com
E-Mail: kontakt@leseglueck-verlag.com
Pinterest: JT Helmke Books
Instagram: Book lovers / leseglueck_verlag

Impressum

Anschrift: JT Helmke Publishing Ltd, Sotiraki Markidi Avenue 25, 8036 Paphos, Cyprus

Druck: Amazon

ISBN: 978-3-9823447-6-8

Erste Auflage 2021 LeseGlück Verlag

Cover-/Umschlaggestaltung:
Janine Meuche Fotografie – Content Creation – Design
janinemeuche@hotmail.de

Buchsatz: Buchgewand Coverdesign | www.buch-gewand.de

Unter Verwendung folgender Grafiken: depositphotos.com: © lineartestpilot, © Olga_C, © Igor_Vkv, stock.adobe.com: © timonko | **Icons:** flaticon.com: Good Ware, iconixar, Freepik, Smashicons, monkik

Haftungsausschluss und Urheberrecht

 Trotz sorgfältiger Überprüfung kann es passieren, dass Fehler übersehen werden. Der Autor und JT Helmke Publishing sind für entsprechende Hinweise über Fehler und Unklarheiten dankbar, um sie in künftigen Ausgaben zu beseitigen.

 Dieses Buch enthält Meinungen oder / und Erfahrungen des Autors. Diese werden mit bestem Wissen und Gewissen und als „selbst Recherche und Erlebnis", an den Leser weitergegeben. Dieses Buch und die Empfehlungen sind keine Garantie und keine Gewähr für Aktualität, Vollständigkeit und Qualität der einzelnen Themen. Der Autor und der Herausgeber können für etwaige Fehler jeder Art aus keinem Rechtsgrund eine Haftung übernehmen. Haftungsansprüche gegen den Autor oder den Herausgeber für Schäden materieller oder ideeller Art, die durch die Nutzung oder Nichtnutzung der Inhalte dieses Buches bzw. durch die Nutzung fehlerhaft und / oder unvollständiger Informationen verursacht wurden, sind grundsätzlich ausgeschlossen. Alle Informationen und Angaben wurden von dem Autor mit größter Sorgfalt und nach bestem Wissen und Gewissen recherchiert oder sind die persönliche Meinung des Autors.

Verwendete Bezeichnungen (z. B. Markennamen, Vereine, Unternehmen, Webseiten usw.) unterliegen der jeweiligen Unternehmen im Allgemeinen warenzeichen-, marken- oder patentrechtlichen Schutz. Auch wenn diese nicht als solche gekennzeichnet sind, gelten entsprechende Schutzbestimmungen. Sie sind zur Hilfe und Unterstützung für Leser eingesetzt. Für den Inhalt der genannten / verlinkten Seiten sind ausschließlich deren Betreiber verantwortlich.

Printed in Poland
by Amazon Fulfillment
Poland Sp. z o.o., Wrocław

89435712R00106